馬崗的地理位置與水質十分適合磯釣

船隻停泊在港口內，每艘船都是一個家庭的溫飽

潮間帶、九孔養殖池

在馬崗，可以看見台灣第一道曙光

〈顧門〉中曬小卷的場景

九孔窟工作
①洗板　②洗栽仔
③飼菜　④摒窟仔

《推薦序》

典藏祕境曙光，深讀馬崗回憶

江寶釵

長久以來，指導學生論文無數，教授學生人數更多，深深感到老師與學生的緣分，可遇而不可求，特別又是能創作能研究的學生。

在中正創校的早期，創作與研究仍然維持著殊途不同歸的狀態，然而深深濡染於創作，因為創作而得到研究的挹注，使我不斷從事兩者合一的嘗試。鼓勵、引進具創作才華的學生進入研究所，辛金順、陳國偉、解昆樺、許劍橋、李知灝、溫毓詩、金儒農、鄭楣潔、王志（山東陸生）等，是幾個閃亮的名字。其次，邀請作家進入校園駐校、座談或任教，李魁賢、鍾文音、舞鶴、駱以軍、黃英雄、岩上先生等，都是成功的案例。其三，辦理文學經典人物國際學術研討會：白先勇、鄭清文、黃春明、李昂、陳克華、巴代、渡也、李喬八位，緜延十六年。中正大學是一個紀念臺灣經驗成長奇跡／蹟而設的大學，擁有廣袤而美麗的校園，是文學與文人最佳的載體，而這樣的創作風氣在看得到與看不到之間，一直迴盪於綠蔭底，花雨之間。其四，協助嘉義縣市推展文學教育，如文學獎、作家作品編輯。

然而，我的指導不知為什麼，中間繞出一段空白，而凱琳是我在那樣長的時間以後難得再遇到的博士生。她說，她能夠進中正、找到我，是她人生最大的運氣。這已經超過一個學生對老師的崇仰，幾乎是粉絲的水平。我很感動於她這樣的心意，卻相應的有十二萬分的畏懼，在學生的成就裡，老師何與焉？除了對話，實際上最好的是她自己。

凱琳對在地文化有著莫大的關懷，她在不同的求學階段就分別以自己的家鄉「屏東」作為研究對象，來到《曙光：來自極東祕境的手札》，我們看到她能極淡定的掌握採訪與田調的技巧，透過深入的訪談、資料的檢索，挖掘母系傳說，琢磨再琢磨，形構了她這本書的創作主體。

書甫完成，有一個偶然的機會，我得以邀請凱琳返校分享她的寫作歷程，演講裡**PPT**的影像，她的語言、手勢與笑容，流動成一座海洋，是陽光底下澎湃洶湧的無限熱情，是黑夜裡寧靜幽深的沉思。她說，馬崗是她母親的家鄉，母親的話語、信念影響了她成長，早早就在她的身體、心上

銘刻烙印，展開為一篇篇驚心動魄的故事。她從未想過要以紀實的方式來進行小說創作，但在多次的田調與因之而來的研究經驗中，她充分理解了田野素材較一般素材的珍貴之處，在文化部青創獎勵補助方案下，完成了這本關於馬崗的紀實作品。

我曾經在許多研究場合或發表中一再表示，在臺灣文學領域中，關於海洋的書寫相對而言是匱乏的，更別說將海洋題材結合親子、飲食，予以多元化的再現了。迄今能被提起的作家不多，新生代的作家尤為少見。多麼欣喜，我們有了凱琳，有了馬崗。從小就聽聞許多人事物，馬崗就是她心靈裡一直承載著的遠方的家鄉，勤勉的田野調查，這個小漁村不起眼的生活日常，在她的筆下成為一種漁村的文化表徵。賣菜郎、潛水夫、小販、學生、新娘、乳娘、各種角色與職業，都在她的故事中活成一種有生命的樣態。看得出凱琳書寫時所懷抱的文學企圖，她要完成一個地方的共同記憶與時代刻痕。她甚至不去特別強調「海男」、「海女」這一代表著特殊職業，也框架了人群的說法，而是用「做海的人」來稱呼他們。她說，那裡的人也都是這麼稱呼自己的。故事裡那些那裡的人，其實就像是我們生活周遭的某某某：不善言辭的父親開著船到隔壁村接歸家的女兒。想念著阿嬤的孫女記得阿嬤身上甜甜的味道。為了採石花而跌落海中的女兒，等著母親對自己的一次表揚。颱風天冒險入港的父親，只為了完成與女兒的約定。為了兒子而獨力養家的父親，晚年失明卻仍在侷促的小店裡熟練地點著貨物……這些那裡的人，在生命現實的黑暗裡點起微光，一寸寸地拼湊出了漁村的模樣。

馬崗，是一個令人驚豔的創作起點，也許在未來也將被指認為是凱琳進入未來創作的重大里程碑。

近年來，馬崗因為連動著東北角的觀光產業而受到矚目，許多景觀因為行銷需求而被改變，許多飲食因為觀光加值而被創新。凱琳的作品，素樸而精準的再現庶民的生活日常與地方的歷史記憶，在這樣的脈絡下，閱讀這本書又有別於一般所認知的海洋文學，海洋文學裡的海洋只是海洋，其實不然。對於島嶼臺灣而言，海洋就是延展出去的陸地，它承載著島嶼上的人們，嘘吸著風從海洋吹帶來的鹹滋味，那是臺灣的集體記憶。

多麼高興的，夜裡我凝視著遠方，那裡海浪奔騰，一顆星子正從地平線上逐漸升起。

《推薦序》

挽石花的人

沈信宏

我對馬崗完全不熟，我在高雄，東北是對角，天各一方，想著就讓凱琳這本書告訴我。讀之前，還誤以為在外島，但外島方位的想像兜不上小說裡的敘述，慢慢地讀，慢慢從文字裡定下馬崗正確的方位。克制著上網搜尋的欲望，就讓這個陌生的城鎮在凱琳的敘述裡成形，這裡有海女、討海人、會變色的石花、九孔、石頭屋、鄉野奇譚……，海風粗鹹，峭壁懸崖、冷暖洋流、滿布礁石的海坪，漁村人物一個一個接連走過眼前，說他們的人生悲喜，對此地難以割捨的情意與纏綿，經過海洋淘洗過的智慧：「生活哪有不痛的」。我們不只走進馬崗，走到村民身邊，還參與了他們受海沖刷的人生。

後來在網路上搜尋，看見馬崗的咖啡廳一張相片，牆壁漆成橘色，店主夫妻合影，跟書中〈與海相戀〉裡寫的一模一樣，文字冒出人形，而人語曾經寄託文字。書裡留下許多真實的拓印、心意的承託，每一段言語與畫面，都是凱琳從極東祕境輾轉捎來的瓶中信。

一則一則短故事，以馬崗作為貫串，便知道地方是主角，溫柔滋養、觀察與守候著來來去去的村人。有看過凱琳書寫屏東海岸沿線公車的前作《藍色海岸線》就知道，凱琳對地誌書寫向來嫻熟與熱衷，以及對小說技巧的精準拿捏。透過書寫地方，傳達對地方的主觀感受，從具體提煉抽象，從觀看凝聚情感，兩本書皆散發強烈的地方感，燃自血脈的依賴與認同。久久偎地，便能聽見在地的哀樂與更變。到了這本《曙光：來自極東祕境的手札》，凱琳退得遠一些，讓海發聲，聽村答腔，合音魚貝海菜。她大可以拼湊重組，轉折長篇，讓所有伏筆絢爛煙花，鄉土搬演千古傳奇。但她只是把採收來的馬崗故事接過來，輕柔整整，攏一攏，像傳遞著一個雪球那樣，讓我們綿綿軟軟地接捧著讀。

凱琳同樣是個挽石花的人，挽到之後漂洗曝曬，壓碎挑去裡頭的碎石與貝殼，篩瀝出最在地的故事，一段段清晰擷取的馬崗錄像。第一章〈乘

風破浪〉寫男人出海，衝上浪尖或墜跌深海，第二章〈安身立命〉寫用一生嫁給海的女人們，第三章〈回家〉是下一代馬崗人的離返之間，第四章〈停泊〉則是過客變東主，將異鄉戀成新家。凱琳在〈風颱綾仔〉寫到拖太多的魚會導致翻船，故事也是，無需過多編織，生活便是最精彩的小說。

這本書的第一篇，不歸屬任何篇章，該是凱琳自己的馬崗故事。凱琳不明白，阿嬤為何要在破曉時帶她到海邊？凱琳明白的，她以書名和整本書回答了自己童年的提問。阿嬤的記憶正在退潮，而記憶需要傳承，她是後來的浪，阿嬤撿拾的牛罵仔藏匿四處，即使阿嬤消失了，長大了之後，凱琳一一撿拾回來。清晨的跳礁與採拾，陽光會是年輕人的，當上一代把手放開，技術、記憶和未來將如曙光照耀在年輕人身上。或許《曙光：來自極東祕境的手札》就是在說這樣的故事，把阿嬤試圖訴說，而凱琳因成長而暫時遺忘的回憶，一個一個撿回來。

讀這本書的時候，一直想起諾貝爾文學獎得主V．S．奈波爾描寫故鄉千里達西班牙港的短篇小說集《米格爾大街》，以少年視角描寫故鄉百態。其中有一篇〈沒有名字的東西〉描寫同樣住在大街上的木匠波普，波普跟也想要製作物品的主角說：「孩子，要做東西就要做沒有名字的東西。」後來波普經歷大小風波，妻子失而復得，為了維繫家庭，不能再過著以往有如詩人一般自在率性的生活，必須工作，為顧客製作家具。當主角再次問波普何時再做沒有名字的東西，波普憤怒叱罵揮拳將他趕走。

對我來說，《曙光：來自極東祕境的手札》就是那「沒有名字的東西」，簡單卻最不簡單，凱琳做出來了。

目次

第四章　停泊

《導讀》

走入記憶之謎

馬崗，有臺灣極東漁村的美名，迎接著臺灣本島每日清晨的第一道曙光，但在歷史的地圖上，它彷彿被遺忘在時空裡，與世隔絕，悄然無聲地消失在浪潮的喧囂聲中；唯一能看見它歲月刻痕的，是那一間間錯落不一卻屹立不搖的石頭厝。

石頭厝是先民適應環境，就地取材而成，住宅型態是由海岸砂岩打石，彼此換工互助而成的一自然聚落，見證著空間中聚落與人文歷史的形成。這是有形的文化。

無形的文化來自於「記憶」。

一篇篇記錄馬崗人物的故事，也是一封封來自於馬崗海洋的情書；是手札，也是回憶錄。與個人經驗為主線的回憶錄不同，這是以「空間」作為回憶錄的主角；最大的特色在於，它是在地居民複數記憶的對話與地景人文的重構。透過實地踏查、訪問，以真人真事為基礎而寫成的紀實小說。

文化保存除了有形的建築物，也應該包含一個「活」的聚落型態，它既能以動態的形式保存，也能以具有生命的面貌傳承。本書的四個章節：「乘風破浪」、「安身立命」、「回家」、「停泊」分別描繪了不同時代、不同緣分而匯聚在馬崗的模樣。

馬崗屬於第二類漁港，進行區域性的近海漁業，男女分工明確，出外討海人多為家中男性，或稱作漁郎、海男。海男的作業範圍，從港邊的九孔養殖，淺水類別的捕撈活動，到近海漁業等。「乘風破浪」中有與海搏命的漁郎，有抓龍蝦的潛水夫，幾乎每個漁郎都經歷過的海腳實習生階段，也有讓漁郎們休憩的柑仔店情報站。

馬崗的海蝕坪台是物種豐富的潮間帶，因應四季變化，潮間帶上有不同的產物與植被。「安身立命」中有海女的採集型態，海物仔的特殊烹飪方式等，以及畢生都待在岸上的女人們的叨絮日常。

離開家後，童年的記憶會就此烙印。「回家」中有馬崗出嫁的女兒與外

出的遊子們，他們所行之地不同，但不約而同，都思念著家。對童年的尋覓與淡忘，在重述中再次深刻。

馬崗近年來因觀光發展，遊客蒞臨，也為一成不變的居住型態增添活力。「停泊」中有到此一遊的旅人，也有從此定居的新住民。此外，秋冬時節，馬崗為東北季風的迎風面，藻類滋生，馬崗的空軍溝是浮游磯釣的兵家必爭之地，特有的黑毛引來釣友一搏。釣客、過客，都成了馬崗的新記憶。

《曙光：來自極東祕境的手札》最想告訴你的是：

我們在這裡，從未離去。

寫下一封封手札，

寄給你，

也寄給曙光。

曙光記憶

　她躡手躡腳打開房門，踮腳走過通鋪上熟睡的爸、媽、妹……腳步聲最後停在我的枕頭邊，接著就是她手臂傳來的搖晃力道。

「琳，欲去揀螺仔無？」

　我迷濛睜眼。

　太想睡了，下意識就想埋回被窩裡，拒絕她。

　她不放棄，再一次搖晃著我，這回她甚至掀開我的被子，「有你上愛的牛罵仔喔，阿嬤佇土內底埋兩粒，誠大粒喔。」

　她用手比出寶螺的大小和形狀來。

　對了。是自己昨晚睡覺前跟她說的，早上她出門前一定要來叫我起床，我想知道她是去哪裡撿來那些寶螺的。

　馱著一座星河般的半圓形寶螺，是她在海邊沫石花[1]、敲海膽、拔紫菜的閒暇之餘一粒一粒收集起來的。剛撿回來的貝殼還是活體，為了保持外

殼的亮麗，她會將寶螺埋進土裡，等待腐肉在泥土裡被細菌腐蝕殆盡。

小時候，看著她挖出泥土裡的寶螺，甚至一度以為寶螺是長在土裡的。毋是喔。她解釋這些寶螺是怎麼來的，於是乎我便討著她，也要跟她去「牛罵仔的家」一探究竟。沒想到要如此早起。剛觸碰到寒意的身體立刻窩回被子裡，動作十分不情願。

終於起身後，天已經迷濛亮起。清晨的海面才剛照上新一輪的陽光，腳印在琥珀的月色中踏出深淺不一的步伐。她走在前頭，牽著我跳過淌在礁石上的浪。

不是每一次撿貝殼都很順利。她說大的牛罵仔要更靠近海的地方才有，甚至要潛水下去石礁底部才摸得到，而我太小，根本跳不過礁。頓時有種被欺騙的感覺，我轉頭要走，她拉著我說，「以後阿嬤若是有揀到閣卡大粒的牛罵仔才攏互妳。」然後帶我在岸邊撿拾一般像寄居蟹類的小貝殼。

「你愛揀誠濟互我喔。」

1. 沬：bī，潛水。

「好好好。」

她如此答應。可隔一日又騙我說要帶我去撿寶螺，再次將我從被窩裡叫了起來，結果還是如同前日，跺著腳跟在她身後，踩踏浸泡在海水裡的自己的影子。

始終不明白，她為何總愛趁著大家熟睡時，獨自帶我到浪花的前頭，只為追逐一次次太陽升起前的破曉時分。

阿嬤晚年中風，意識還算清楚時，她用著含糊不清的語音告訴我，家裡的哪裡哪裡有牛罵仔，是她特別藏起來的。土裡，陶甕裡，塑膠袋裡，餅乾鐵盒裡……是她悄然無聲地用了大半輩子，在海蝕坪台上，在浪潮間隙中，拾滿了。

後來，她的記憶越來越模糊，也逐漸消失。

同時也忘了，我已經長大了。

第一章 乘風破浪

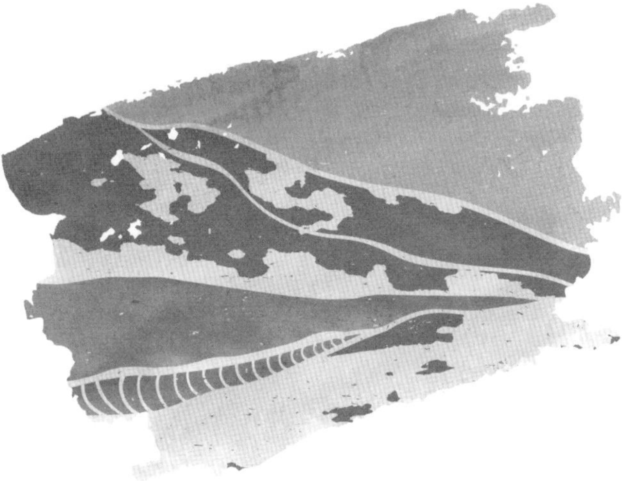

掌舵者

在金連出生前，不只馬崗，整個東北角海岸的夜晚，都是星火通亮的。漁船成群出港，為的是圍捕同樣夜裡出沒的魚。

夜幕中大海遼闊而黑暗，漁船擎著火，光影隨之在海波上搖晃。

民國以前，火把還是用桂竹剖成條狀的細薄片，綑成整束，一艘船一晚上的作業大概需要三、四十把。到了民國十四年，是大正的最後一年，那時的漁船已經改成槳櫓式舢舨，出海時依舊是結伴而行。海中出沒的魚也是成群結伴的，尤其是趨光習性的魚，四破[1]、臭肉[2]、苦蚵[3]都在列。由三艘船組成一隊火罾仔[4]，其中兩艘負責張網收網，一艘負責擎火誘魚。隨著

1. 四破：藍圓鰺。
2. 臭肉：小鱗脂眼鯡。
3. 苦蚵：日本鯷。
4. 罾仔：tsan-á，焚寄網。

海波而搖曳的光炬來自於內燃煤油，持久又明亮，缺點就是需要另一個人幫忙拿著。偶而遇到逆風，得反應快，知道火舌要飄向何方，閃過頭髮或蓑衣上的棕毛。會這麼說，就是因為有太多人遭殃了，更糟糕的是，波及到整艘船導致火燒船的意外。

這是金連做海腳上船第一天時，老船長告訴他的。

金連十二歲便上船，正是人家說的「蹦火仔」的電石火的年代，光炬範圍縮小，更亮。隨著點火後的強光和巨響，漁人們的夜間派對正式開始。剛上船的金連每次都很期待「蹦火仔」的瞬間。深夜中，魚群簇擁成堆，隨著海波上下躍出粼粼的波光，彼此交疊著，摩擦著，閃躲著，卻一次次被更下方的魚群擠到漁人的視線中，暴露在深夜的海面上。

再後來，不用電石火了，改用船底發電機作為電源，用兩千燭光的防水燈泡，下沉到海中，將海底照成了一片光白。火船能誘捕的魚，必須得摸黑作業，天光一亮魚群便散了。所謂「日夜顛倒」應該就是如此吧。金連點起六盞燈，放入海水時總這麼想著。

帶他上船的老船長不久前「回去」了，這艘還未來得及過到子女名下的船，暫且由身為老船長的徒弟金連安置，等待來日遺產諸事底定後，老船長的船也會被轉手，待價而沽。

不知道那時有沒有能力買下它？金連暗自掂量起了自己的財產。可不過二十五歲的他，除了收養他的老船長外，無父無母，剛娶妻，又哪來多餘的錢呢？

為了買下老船長的船，金連比其他人更賣命。

正巧是空襲那幾年，因為管制燈火，所有的漁船都須登記抽籤，方能出海。依照老船長所說的，漁人抓魚有三個流水，從傍晚、午夜，到清晨，分成晚流、中流、早流。每輪到金連出海的那日，他便會早早窩在船上等待，修補手網[5]打發時間。

幾次東南黑，西北雨即將來臨時，他會聽見海邊有人吹響海螺，那是船家在通知海腳們將曝曬的漁網收回來的訊息。金連一直也希望有一天，吹海螺的是自己。

5.手網：八卦網，又稱手綾仔。

常言道，天公疼憨人，可這句話始終很難印證在金連身上。

金連上船的年紀早，所以即使他如今還未到而立之年，在村裡也不算是新手了。他甚至有自己尋找海腳的能力，或與人合股做海。一般潛規則是這樣的，海腳就像是員工，船長能決定員工的領薪方式，海腳大多領固定的錢，能力好一點的海腳，可以和船長商討抽成。老船長還在時，就是用這種方式跟金連分貨的。合股通常會有所謂出資的股東，船長負責出勞力，所得報酬再依合約分貨。

不管是做人海腳，還是跟人合股，都不是金連想要的。他想要有一艘屬於自己的船，能乘載他，到遙遠的海上。據說做海的人，待在海上的時間，遠比在陸地上歇息的時間還多。他很早就知道，要做一名漁人，得先要有艘船。

船的意外有很多，只要能修繕的都算是小意外，但如果遇到觸礁、沉船、火燒船的意外，僅一回，便可能「人船」兩失。若沒有意外，一艘船最多的壽命充其量是三十年。可這也夠了，夠乘載金連大半生了。

老船長的小舢舨已經用了十多年，金連想，若轉手購入，大概也還可以再用十年。

他猶記得，老船長的運發號小舢舨下水的那天。

老船長特別要金連到碼頭上用竹竿撐起十來串的鞭炮，老船長用自己的菸頭點燃，劈哩啪啦響徹整個漁港，大人小孩都湊過來看了熱鬧。那時老船長便告訴金連，「以後你一定愛種[6]一隻比我閣較大的船，創甲閣較鬧熱。」

金連那時才十多歲，不懂話中含義。

討海人的船，是夢想，亦是命。

既然是夢想，又是命，當然得日日呵護在手裡。老船長的運發號，從新船購入後，便有定期保養，也是金連負責的。要說金連與運發號的相處，比老船長還多，是不為過的。

船是木製的，致命傷當然也是白蟻蛀洞。海上的白蟻是騷蟲，會鑽入船板裡蛀洞，為了避免騷蟲做窩，每一季都要上一次船底漆。凡是可能浸到海水的船板都要仔細上漆。

6. 種：tsíng，買。

上漆時，金連覺得時間是過得最緩慢的。但那份緩慢，是心靈的悠然遼闊，並非無聊或不耐。

一艘船雖然可以用上三十年，但折舊率是很高的。假如購入時是百萬，三年後折半，再三年再折半，直到二十年就只剩三千塊不到了。一般來說，超過十五年的船齡便是老船，價格所剩無幾，被視為廢鐵，當然轉手也不容易。

金連就是看準了運發號的船齡，他相信，購入運發號不是件難事。

可金連的運氣真的不好。

終於籌到錢要購入運發號時，兒子病重，他只是遲疑了半天，想著該不該先去過戶運發號時，兒子便回天乏術了。

金連還記得當時手裡的溫度。他緊捏著裝錢的信封袋，看著在師公助念下被送走的兒子，妻打在他身上的拳頭如雨揮下，敲醒了他，原來除了海，他還是陸地上的「家」的一家之主，是丈夫，是父親。

送走兒子後，金連消沉許久，不再有擁有一艘船的念頭。他一度認為，是上天刻意安排，嘲笑他的狂傲自大。

老船長曾說過，做海的人，就是跟海搏賭。賭注越大，獲利越大。

少年的捕魚郎們都會有開大船的夢想，金連也是。妻第二胎生了個女兒，又過三年，金連做海的事業算是平淡度過，沒有下大賭注，當然沒有虧損，也沒有讓人眼紅的獲利。

就在金連過了而立之年後，與他同齡，卻晚他好幾期上船的漁郎，買了艘小舢舨，全新的。下水儀式那天，金連也去看了，免不了故意酸言酸語幾句，卻還是得打腫臉充胖子，替人扶著掛鞭炮的竹竿。

鞭炮打響天際那刻，金連又想起了老船長運發號下水那日，老船長說的話。

或許兒子的逝去，與他追逐夢想無關？這樣的念頭，開始在金連心底發酵。他又開始很努力地賺錢、籌錢了。擔心妻會阻止，還刻意背著妻跟了會，拿了兩回錢。他盤算，應該再一次的會錢，就可以買艘機動的小舢舨了。他亦想，下水那日，得找那位讓他舉竿的同齡漁郎來，這次他要派他去點炮。

未料，第三輪收錢時，會頭跑了。

妻知道他跟了會，還被人倒會，氣得帶上女兒離家出走。家裡沒人那幾日，金連幾乎也不待在家，有人叫上船，就去做人家的海腳。因為他已經是師傅級了，不用像一般年輕海腳那樣，被人秤斤論兩少算貨錢。但付出的勞力，總歸說，還是比自己開一艘船的投資報酬率低。

或許是上天看他霉運走久了，可憐他，在妻離開後半年來了兩個人說要找他合股船隻。船家是基隆來的人，欣賞金連的技術，說要資助他。這與一般合股的形式有些不同，金連可以算是船隻的船長，也有船隻出港的調度權，魚貨獲利的分配權。如果用比較簡單的概念來說，是金連跟基隆股東租借船隻，定期支付船隻費用，其餘的獲利，皆屬金連所有。

他將船取名為「運發二號」，以彌補錯過老船長「運發號」的遺憾。

除了船家之外，另外一人做了金連的海腳。當時正流行抓鯊魚，用的是放棍的手法，秤鉤大的粗棍鉤子鉤在延繩上，目標是海底的鯊魚。通常釣上的鯊魚都有上百斤，甚至超過，兩人出力扯繩，一人插入三叉鏢，鉤上船再給一記悶棍，確保上船的鯊魚沒有威脅性。

放粗棍的船需要三人以上的作業，金連只能再找一人上船。村裡真正願意單抓鯊魚的人並不多，大多是誤打誤撞把鯊魚給拖上船板，要不就是打鯊季，捕撈苦蚵魚群時的意外收穫。早些年曾聽說過，馬崗村裡有一位專門單打獨鬥的釣鯊魚高手，用簡易的浮桶讓鯊魚拖著跑，來消耗魚的體力。待鯊魚體力耗盡後，才拖上船板，若是太重，就把魚綁在船尾，一路拖回港裡。

聽老船長描述這些奇遇時，金連總是屏氣凝神，聽得十分專注。他也希望成為一名出色，又傳奇的掌舵者。

捕撈鯊魚的事業並沒有維持太久，金連好不容易找來了個肯一起出海的年輕人做自己的海腳，卻沒想到，才一同出海不過兩回，鯊魚都還沒著落，年輕人便意外身亡。

說來意外是真的讓人意外，年輕人不是出海時受傷的，而是在做九孔池水底作業時，不小心撞傷了頭。救上岸時，人還很清醒，跟岸邊眾人揮手表示沒事，誰能想到，年輕人只是回家一睡，就沒再醒來了。

那夜金連獨自出海釣花枝，是早流出港的，回程時天已大亮。船甫停

妥，便從年輕人家的方向聽見數人齊呼哀號的聲音，待他趕去，人已經躺在草蓆上，壽衣都穿好了。

身為年輕人的船長，他給了一包不小的白包。本以為事情就此落幕，沒想到，運發二號非但沒有好運又大發，反而諸事不順，幾次出海都無功而返，甚至在與鯊魚追逐中，被魚身撞破了船板。雖然躲過了翻船的危機，但金連知道，上天不可能再給他一次僥倖的機會。

金連毅然決然將運發二號報廢了，賠償船家一筆不小的金額，打發了海腳，積蓄再次清空。

四十歲時，妻帶著女兒回來了，也不算是原諒了他，只不過是明白了他作為漁人，一生都無法改變的命運。

之後女兒出嫁，第一年帶回了小外孫，小外孫還是好奇心很重的年紀，到處攀爬，咬東咬西。有次被女兒帶著，爬上了草叢堆中廢棄的舢舨。金連從漁港上岸，見狀便赫然大斥，嚇得小外孫嚎啕大哭，直到啼哭不止後，女兒憤然告辭。

金連沒有解釋自己為什麼如此激動憤怒，只是任由妻不諒解地責備自己，太過於冷漠和不近人情，滿腦子只有魚跟海，根本過不了人的生活，連女兒跟外孫都跟他不親近。

女兒那回離開後，幾乎整年都沒有音訊。

好幾回，金連走過草叢堆，看見那艘幾乎完好，連船板底都沒有白蟻啃噬過的痕跡，卻被迫報廢的舢舨，不由得心酸。

後來又有人要找金連合股船隻，他也沒有再答應。金連就這樣，做一個海腳「師傅」。他甚至擁有一張「臺灣省政府農林廳漁業局」的獎狀，寫著他「因漁業生產技術優良漁獲成績卓著經選為民國六十年模範漁民」。他也開始被村裡的後輩稱呼為老船長、老師傅，可直到了晚年，金連才終於存了一筆完整、無須借貸，能買下一艘全新機動舢舨的第一桶金。

領到船證那刻，金連十分激動，用夾鏈袋仔細地將船證包起，放在胸前的口袋裡。

這一放，卻是過了十多年。

金連真正成為「掌舵者」的日子其實並不多，從老船長的海腳，到與人合股的船長，後做了分紅利的師傅級海腳，雖然他開船的機會並不少，

但從未有過老船長說的那種，追海、追魚、追船的專屬於漁人的痛快。唯有開著自己的船出港，才真正有掌握了一方大海的感覺。可就在金連開著新舢舨出海的那日，遭到了傳說中的「海翁」的追逐。鯨曾是東北角沿海一帶的無害角頭，佔據一方，不主動攻擊人，但卻有著異常變態的玩性，所以是讓人避之唯恐不及的角頭。

鯨一開始並不是要攻擊金連，只是金連捕撈的魚群過於顯目，惹來了鯨的青眼。鯨翻身，本想攪亂魚群，卻撞擊到了金連的船。船頭毀損，馬達失去動力，金連只能用最傳統的方式，搖櫓而回。

那時的他，還清醒著，滿臉是血，搖櫓的聲音格外刺耳，又彷彿聽見了年少時第一次上船，老船長船上的搖櫓聲。

出師未捷身先死，大抵就是金連這副模樣吧。

好不容易將船駛回港，在屬於他的位置前停妥舢舨後，他便暈厥了。

再次醒來，已是兩日後。

金連覺得自己似乎不曾醒來過。他自此沒有再下過床，躺在床上或輪椅的時光佔據了接下來的十年。他或醒或睡，來人是誰也模糊不清，只是偶而聽見耳邊傳來說話或走路的聲響，叫他老仔、爸、或外公。

唯一最清醒的那次，是金連被外勞推到港邊透氣的傍晚。

金連看著海面上的晚霞，還記得現在出海是晚流，運氣好一點，可以在中流前釣到不少透抽。現在正是透抽的產季，夜光點燈，透抽的身體在水面下明亮搖擺，如鏡子中倒映的舞者。

走到港邊前，又經過了那堆草叢。

他想起一起合股分利出海的年輕人。當年年輕人意外身亡後，金連便將那艘報廢的運發二號拖到港邊的淺灘上，任由風吹日曬，腐敗。當時，村裡的人都還很忌諱走到這艘船邊，說這是艘有厄運的船。不知情的女兒帶著小孫子爬上船板玩耍，還因此被他斥責。

這些金連都還記得。

但這些年，還知道運發二號事件的人已經不多，海巡阿兵哥偶而尿急時還會躲在草叢中解手，尿滴到腳，甚至將腳上的尿漬塗抹在發了霉的船板上。

不知道為什麼，終日昏沉的歲月中，金連唯記得在運發二號周圍來來

去去的人們。眼下，那艘被他看做厄運的船，已經成為村裡廢棄船的景點，供人拍照留念。

上頭船號的字樣，也早就模糊不清。

那日晚霞很美，金連再看了眼經過運發二號的人群，便閉上了眼。

報風

收音機發出喳喳喳的訊號聲，勇伯很努力想從雜訊裡聽清楚聲音的內容。

他想起那個還唱著日本歌的時代，村裡的老人常說著半山腰上的某某家又挖出了一具白骨。沒有人推算得出白骨的年代，只是在每一回有人整修田地或修繕房屋時，總會不預期地挖出那些白骨。還有半山腰上的田地裡埋著的浮水石，裸露在外的石塊尚保存著海水沖刷的痕跡。這些都說明了海水曾經淹沒過這裡。

收音機根本收不到訊號，聽不清內容。

勇伯索性關掉收音機，走到戶外。

做海多年，憑著老人家留下的那些說法，還有自己觀察天象的經驗；即使沒甚麼專業，判斷風向跟雨量還是足夠的。

退去的浪露出最外海的礁，靠往萊萊的方向有一塊憨番窩仔，那通常是水乾了才會浮起，可現在海水卻退到了憨番窩仔後方。不太正常啊。勇伯想著上一回退潮的時間，也想起了曾有老人家說，只要水突然退到很遠的地方，露出魚群，就是海龍傾[1]的前兆。

能傳下這段說法的人，必然是當初沒跟著人群去撿被打上岸的魚的。不然，早跟著下一波浪，不知被帶往何處了。

海龍傾對勇伯來說沒甚麼概念，他畢竟沒有看過老人家口中所形容的那種，整個村落都埋在海水裡的景象。但若說自己的房子，倒是曾被海水淹過幾回。

勇伯的屋子在村裡算是最靠近海的第一排。除了前排幾戶人家搭建的石頭牆外，再數下來就是勇伯的房子了。

水退得很快，露出的憨番窩仔比上一次退潮時還要乾。

為了安全起見，勇伯知道該撤離妻女了。

勇伯的房子是改建過的，跟村裡大多數的房子一樣，用的是石頭。

石頭是從海邊搬回來的，不知是原本的大石被海浪擊碎成數塊，還是

1. 海龍傾：海嘯。

被浪一回回從不知名的遠處帶來的。更早以前——也是那些唱著日本演歌的老人家說的，幾次的海龍傾淹沒草屋，後來又帶走瓦屋，才有了現在的石頭屋。勇伯相信，即使不用海龍傾來，一般大一點的風浪，要沖走草屋都是輕而易舉的。

勇伯的房子前有一排林投樹，傾斜而下的是沙埔地、斜坡上布滿石頭的就是海坪、接著就是浪。石頭延伸到海裡，大一點是礁，小一點是石。都是差不多的意思。從海面方向看來的是：海岸線、大石、碎石、海坪，還有一層低矮的林投樹，再來就是勇伯家了。

即使現在有了石頭屋，勇伯還是不放心風浪下的屋子，能安然無恙。妻子收好簡單的行李，準備帶上孩子先往較高處的阿姊家躲避。

勇伯還不能走。

縱然是石頭屋，屋頂用的還是茅草，他得先想辦法把屋頂網住，免得跟上回一樣，才一個回南的風颱，就掀掉大半片的屋頂。勇伯拉的網不太夠，又去隔壁跟人拉了另一片舊網來，再用月桃繩綑住。有些傍在海邊的人家會選擇砌一座擋海牆，減緩浪衝上房子的力道。但海的頑固又豈是房

子前有多少阻擋就能躲避的，能做的，都做了，就是了。

跟他一同留下的還有各家的男人。

「我看這陣風颱應該誠緊，東南邊來的，過晝就出去矣。」

「聽講你頂擺放風颱綾仔，掠袂少白毛喔？」

風雨還沒來，鄰居閒聊起勇伯上回抓的那條將近百斤的白毛，又引來不少人注意。勇伯本來不想逗留太久，他想先回去網好屋頂，結果鄰居聊得起勁，竟跟著勇伯一起到了他家，幫忙他拉開魚網，罩在屋頂上。

嘴也沒閒著，「你嘛教我一寡仔撇步啊，這搭著你放風颱綾仔上蓋厲害。」

鄰居既然來幫忙了，勇伯當然也要還工；綁好了自己家屋頂後，又跟著一起去了鄰居家。

原本出海的漁船紛紛回了港，並排在港內，很有節奏地隨著湧進港的浪，一波波起伏著。一些比較輕的舢舨或艫仔會用絞盤拖上船塢，盡可能綁在牢固的建物或石座上。

這時被妻子帶到上面阿姊家的女兒跑了過來，「爸，你欲先去頂頭食飯無？」其實都是同一個村落，屋與屋之間相鄰不遠，但他們習慣靠山的房子叫做「頂頭」，靠海的房子叫做「下面」。

勇伯家就稱作下面的房子。

綁完剩下的網後，勇伯跟著女兒到了頂頭阿姊家用飯。本想要回去下面的房子再巡巡，未料一陣風雨襲來，才片刻，雨已經下得淹上了腳踝。下面可能比較危險了，勇伯決定當晚留宿阿姊家。

可想而知，一整晚聽著交加的風雨聲，勇伯是沒睡好的。不只是勇伯，村裡的人也都在等著風颱過去。東北角的漁村大抵都是如此。馬崗外海多是岬角急流，海水被推出一道道長形的巨浪，連貫不歇地劈向岸邊礁石，斬上礁石的浪被擠往天際，再狠狠落下，海底巨石莫不翻滾錯置，沿岸許多底棲魚類的巢穴因此被一柱柱從天砸下的巨浪攪弄殆盡。

這場風雨的殘暴可能是魚類的喪鐘，也可能替人類帶來一餐飽食。運氣好的話，風颱一過，沿岸便會有許多半死不活的底棲魚，或翻肚在海面上、或掉落在道路上。為什麼要說運氣呢？因為也並不是每場風颱都能翻出海底的魚。風颱得是從花蓮、宜蘭方向登陸的東南颱，還必須大作將近一天，才有翻魚的機會。

而這次的風颱就是三、五年才有一次的東南颱。順著東南而來，西北而走，且走時又來了一個倒掛金鈎。海水足足湧了一整夜。果不其然，隔日天一放晴，勇伯才剛走進家門的石階，就發現裡頭的水倒灌了出來，淹滿整個門口庭。

一隻隻被打暈的魚在水上載浮載沉。

不過這次風颱導致房屋受損嚴重，眾人都沒有了撿魚的心思。

就在勇伯還在懊惱門閂被沖壞時，女兒的叫聲傳來，「阿爸，阮的豬仔攏流走矣。」

才正要跟著女兒過去豬寮一探究竟，屋子裡的水流了出來，混著豬寮的屎水，只剩下淹過一個門檻的高度，在勇伯的腳邊竄來竄去。床底下的東西全流了出來，連剛醃好的蚵仔給也被雜物敲破，全混在水裡。

蚵仔給從甕裡流出，飄在水上。

那是女兒自己去海邊剮了十多天蚵仔，用海水洗乾淨，塞進粗鹽醃的。眼見已經醃到半熟即將可以吃了。每一個蚵仔都有一節指頭大，還是女兒特別挑出來的。不過勇伯馬上想到女兒並不喜歡吃蚵仔，尤其是配著稀飯吃時的那張臭臉，或許趁這場風雨流掉了也好。

顧不得屋內了，他趕緊跑到豬寮。

圍著豬的鐵欄完好，鎖也沒鬆，但裡頭的豬真的全沒了。

女兒跟妻子沿著水退去的方向找豬。

在離家百尺的距離，發現了第一隻豬，已經被海水打暈，奄奄一息。妻找來繩索拖回豬，但還沒走到門口，豬被她給拖死了。女兒在芭樂樹園發現卡在上頭的豬。這回勇伯親自上前，不再讓妻用繩子拖豬。可勇伯靠近時才發現，豬早就淹死了，就像是一大塊慘白的肉塊，腫脹又無力地掛在樹上。

之後又有從林投樹後找到的，在海坪上找到的，甚至還有直接沉入海裡，在海面漂浮的。

找回的豬有八隻，只有三隻是活著的。

其中一隻豬受到驚嚇，自己跑到了房子的門口，四隻腳已經不靈活，拐到勇伯剛拆下的門閂，跌了個狗吃屎。連帶著，追在後頭的女兒，也跟著跌進屋內的一攤池水裡。

女兒狼狽起身，邊哭邊吐掉嘴裡的水。

是海水，還是屎水？沒有人想去證實。

終於把豬都圈回寮子裡後，勇伯才猛然想起，他放的風颱綾仔好像還沒收回……

風颱綾仔

不論體力如何，只要還能駛船出港，阿利就沒有退休的念頭。馬崗認識他的人，都說他是天公仔囝。被天公眷顧的人，總能在海上化險為夷。放風颱綾仔是阿利常做的事。其實馬崗做海的人多少都放過，但是很少有人像阿利這樣幸運。

做東南颱的時候，風颱從花蓮宜蘭而來，龜山島附近風浪最大，水流急，連帶著滾起下方的沙泥。風颱水一滾，海底就變得混濁，浪再來，水底就變得更加寒冷；而水一冷，黑白毛這種嬌生慣養的魚種，就會想找溫暖的地方避風。

這最好的避風處，就是馬崗漁港。

港口裡面溫暖，尤其在港口交接處，都可以堵到一整群的白毛。

白毛避風的時間不長，風颱一過，水溫回升，就差不多離開了。

平常時候，阿利也常放綾仔，但唯有放風颱綾仔的收穫最好；而且這

福利還只有馬崗跟卯澳才有。萊萊跟澳底過去，只有水濁，不降溫，就沒有放風颱綾仔的機會。

上回風颱做的是西北颱，龜山平靜，浪也平；阿利的船才剛駛出港，就打道回府。港口裡剛發動艫仔的武雄看見阿利回來，也關掉剛發動的馬達。

「阿利伯，去看風湧喔？」武雄調侃說。

武雄做海的時間比阿利晚一代，在海上，他得稱阿利一聲老師。看著阿利回港時鐵青的臉色，武雄也猜到「本日不宜出海」。

「去看風颱尾溜啦。」阿利其實有放網，只不過連條四破都沒有。

這回阿利總算等到機會了。

不只阿利，連武雄都搶到了風颱尾的時間。

風雨才剛平緩，就先放了網，占了個好位置。那位置，是阿利透露給他的，除此之外，還有綾仔的改良。風颱綾仔最好是三層網；外層一尺，內層三吋六的洞。網的層次不同，洞孔越多，紗越密，容量更大。這樣不管大小，都能中魚。

「聽阿利伯的著對矣。」這句話是武雄自己說給自己聽的。

海水果然很混濁，跟山溝裡做大水一樣，魚看不見靠近的危險，只能湊成一團取暖。

武雄滿載而歸，艫仔的馬達不夠力，差點拉不回來。才入港，他喜孜孜的面容就毫不掩藏。

「武雄，中誠濟魚仔喔。」

「無啦，無阿利伯濟，伊才是厲害，我看伊才去半點鐘爾爾，彼魚網仔著挩[1]無啥會起來矣。」武雄語音才落，港邊就有看熱鬧的人群突然騷動起來，全指著港外某一處，大聲嚷叫著。

「夭壽喔，阿利伯啊，危險啊！」

武雄順著聲音轉過去，眼前畫面讓他窒息。

阿利的船停擺在不遠處的外海，跟著浪左右搖擺。阿利的舢舨太小，在竄起的湧浪中，好幾回不見船影。那裡沒有礁，舢舨不可能擱淺，這點武雄很清楚。如此便只有一個可能：船因為某些原因，駛不進港了。

1. 挩：thuah，拖。

白毛是大賺，但也曾經有人因為抓白毛而送命的，那人在黑礁仔的地方被撈起，頭顱被敲碎一大塊，面容扭曲。思及此，武雄跳上自己的艫仔，重新開啟馬達。

此時，阿利的船在一個猛浪下，傾向右側，就在舢舨沉浮中，武雄看見舢舨的右側纏著一大片的綾仔。是綾仔太重了！綾仔裡的魚正在猛烈衝撞掙扎，船身根本平衡不了。

武雄將船駛出港，朝著阿利的方向前進。心底不斷替阿利祈禱，武雄不敢有絲毫意外的想法，怕驗證了甚麼。他聽人說過，阿利是天公仔囝，命很大，好幾回躲過死神的召喚。第一次聽人家說時，武雄還不相信，只是希望那樣的好運，也能落在自己身上。有艘比武雄還快的艫仔從外海駛近，那是才出港沒多久的艫仔，聽說是晚上要去抓花枝的。看來那艘船也發現了阿利的危險。

冥冥中似乎有些安排，就在武雄和抓花枝的艫仔即將靠近阿利的舢舨時，一陣浪衝了過來。浪不大，卻足以翻覆早就失去平衡的舢舨。果然，就在眾人尖聲的恐懼中，阿利的舢舨翻了過去。

舢舨整個覆蓋了阿利。

「阿利伯！」

「阿利叔！」

此起彼落的聲音與武雄一起揚起，接著港內有更多艘船開了出來，圍繞在阿利舢舨翻覆的地方。

舢舨下纏繞著的綾仔還在繼續拉扯，許多不甘心就此上岸的白毛死命地想掙開網，又增加網子向下的力道。

眾人已經忽視被大量聚集在網裡的白毛，全盯著舢舨的船底。

該從哪裡救人？眾人只能盯著水面，無從下手。

武雄開到舢舨的旁邊，準備跳下水時，發現舢舨底部有個比白毛群還要劇烈的翻動。

阿利爬了出來，喘著氣趴在船的底部。

眾人驚呼時，也鬆了口氣。

跳下水的人越來越多。武雄將阿利拉上自己的艫仔，其他人翻回阿利的舢舨；剛剛出海要抓花枝的年輕人，因為擅於潛水，替阿利潛下水，撈

回卡在港口外的機具。

做海有太多難以預料的事，能大難不死的人通常會成為一種傳說，幾十年會有一則。

阿利的傳說，就是這麼一言一語，被流傳了下來。

牛角眼鏡

阿爸來了，手裡提著兩節剛從水牛身上切下的角。

金水放下手裡的工作，迎了上去。

金水幼年喪父，這位「阿爸」其實是金水的岳父，妻子的父親。

就在金水正要問牛角怎麼來時，阿爸一屁股坐在椅凳上，重重地長吁嘆氣，「有影會氣死人。」

「是怎樣？」金水畢恭畢敬，不是畏懼，而是他從未有機會跟所謂的「阿爸」說話。

「才行到磅空口，火車著來了，這隻牛又閣行抉振動。」

「互撞死啊？」金水馬上會意過來。

阿爸有一塊自己的田，當然也有屬於自己的牛。算不上是大地主，可在鄰里間也算個有頭有臉的人物。

阿爸的牛被火車撞死了。

金水猜想，阿爸此刻一定又懊悔又憤怒。

附近的人家也會用牛角自己做眼鏡，但牛角都是跟人買來比較多，要不然就是自家的牛老了死了，才切的牛角。被火車撞死的牛，慶生可想而知阿爸的怨氣是從哪來的了。

「這拄好互我做水鏡啊。春花去沬石花菜、九孔的時陣會用到，猶有彼幾的囝仔。這兩隻角會當做幾若個，免共人買，我聽人講直叔仔有佇做，一副愛千幾箍。」

就這樣，金水安撫阿爸，把阿爸打發了回去。

但是金水根本就沒有做過牛角眼鏡，他頂多是看人家做過。他說的直叔都會去跟人家買殺下來的牛不要的角，做得比較厚，而村裡另一對劉氏兄弟是跟人買牛來殺，做得比較薄。

做牛角眼鏡的材料不複雜，就是牛角、玻璃鏡面、麻繩就夠了；但做起來得費不少功夫，尤其慶生根本沒做過。可金水不喜歡靠別人，他是一個苦做實幹的人，凡事習慣了只靠自己。

牛角尖的地方實心較硬，不好挖洞，他切了下來，不要了。

金水有四個女兒，加上妻子和他，家裡有六口人。妻子長年需要沫水採石花和做九孔，他先算了妻子一份，自己一份，剩下來的再看看能做成幾份給女兒們用吧。

他計算著同時，已經開始切出眼鏡需要的厚度。金水本來就熟於操用象刀，切牛角時也不例外，象刀在他手裡轉動，各種角度將牛角分割成數個圓餅狀的大小。但還是有幾次，切到了牛角尖的地方，過於堅硬，差點割了手。幾回下來，才更熟練一些。

還要挖洞。還要用瀝青黏上玻璃的鏡面。差點忘了，也要先量鏡面的寬度。

金水暫停打磨牛角的動作，先量好鏡面的寬度。

要多寬?金水把鏡面貼近自己的眼皮，用他的眼皮量了大小。

女兒們不知道金水在做甚麼，只以為他又像是一般修補漁具的日常，叫聲吃飯後又離開。

金水太常自己這麼待著，屈坐在林投樹下的某個陰影處，車手網也好，補破網也罷，沒有人知道他在做甚麼；即使待在家人的面前，也像是隔絕

出了時空，被透明的網困在裡頭，默默一人。

他突然想到，剛剛阿爸拿著牛角來的一路上，是否也覺得和擦身而過的人處於不同時空呢？

討海的男人，似乎都得練就忍耐孤寂的本領。

金水算是很老練了。

家裡沒有比他大的男人，幼年讀過幾年日本書，十四歲就跟村裡的老人出海，做人海腳，直到終於買了屬於自己的船……這一路走來，他都是像現在這樣，一個人默默屈坐著。

黏上瀝青，他開始打磨眼鏡的邊框。不知道能找誰來試試看眼睛合用的大小，便只能用自己的來測量。下水用的眼鏡必須要密合眼皮，不然進了水，就無效了。初步打磨後，慶生掛上眼鏡，覺得滿意。現在得下水試試了。下水前，他先用海草的汁清洗鏡面，然後找了塊低淺的水窪，在水窪裡將頭埋下，測試。

進水了。

金水又換了另一副眼鏡。還是進水。全部都測試過後，他又回到林投樹下重新打磨，戴上，再打磨……

這當然不是一天就能完成的工作，金水得找出海的空檔，繼續完成。

「阿爸，你佇做啥物？」女兒終於發現他手裡的新眼鏡，那已經是金水完成眼鏡的不知幾天了。

早應該在做好時就給大家的。金水心裡想。可他終究還是等到了女兒自己發現，問了他，他才裝作一副漫不經心的樣子。

「水鏡啊，妳外公提來的牛角做的。進前柴頭的攏會入水，這妳試看覓。」好像有一種拐了女兒戴上眼鏡的感覺。

「那會有牛角？」

「妳阿公的牛互火車撞死矣。」

「哇，」女兒驚呼，不知是因為牛，還是因為眼鏡，便接著說，「拄拄仔好。」然後轉頭問金水，「這是我的嗎？」

「對啊。」

就這樣，慶生順利把眼鏡分配給了家裡的每個人。

至於有多少人還會記得他那些屈坐在林投樹下打磨牛角的日子，似乎也不那麼重要了。

牛角眼鏡

北風來了

抓魚要看的是風向。

馬崗正巧是迎風面，位於東、北風面交接的位置，浪往往會不預期地變大。風大、浪大，魚也多。漁港內的溫度最讓魚群流連忘返，尤其是颱風過後。

漁人們當然也懂，可颱風天出海，賭的就是命。

老興那回是跟村裡的人一起出的海。

不久前，老興剛從基隆購入一艘機舢舨。說是機舢舨，也確實比一般的艫仔大許多，偶而他會找兩個海腳幫忙，照漁獲量均分的，誰也不佔便宜。可縱使是機舢舨，放在汪洋中卻不如一片落葉；只要是大一點的浪打來，舢舨在浪尖上還是如迷航那樣，左右搖擺，更何況是遇到北風來襲。

剛好進入剝皮魚的季節。

馬崗位於臺灣東北角處，有極東之稱，最怕北風；與近在咫尺的萊萊

鼻不同，萊萊鼻怕的是東南風。但不管是馬崗還是萊萊鼻，都是讓漁人聞風喪膽的海流凶險之地——三貂角。三貂角的險流由三個突岬匯聚而成，北端是卯澳鼻，東端是馬崗，南端是萊萊鼻。深藏在海底的突岬在海岸上看並不明顯，但誰知這條突岬是從卯澳鼻向外海延伸而去的海底山脈，常在平靜海面上突然湧起憨仔湧[1]，奪人性命。尤其在東北季風吹襲的季節，吹送流從海面而來，劈向岸礁，馬崗外海的黑礁仔周圍便會形成急流漩渦，凡經過的船隻，就像入了蜘蛛網的蟲，難以逃脫。

這盛行於冬季的憨仔湧，偶而在夏季的風颱天中也會出現，而所謂的秋颱又更讓人敬而遠之。

一行船剛到萊萊鼻時，風雨還不大。也不知突然如何，風颱尾帶著苟延殘喘的雲帶，團團包圍住整個東北角。同行的人眼見苗頭不對，趕緊轉到石城避風。

老興鐵齒，他想趁著風雨未大前趕回馬崗。

1. 憨仔湧：瘋狗浪。

颱風尾所帶的雲系不是開玩笑的。北風雖然吹得馬崗體無完膚，可起碼還能靠著沿海搭建的石頭牆躲避迎面的風；但有一種風，看似無害安靜，卻會讓人在放鬆警戒時殺個措手不及，那就是所謂的「回南」。回南的風通常跟在颱風的尾端，在風雨即將離境時，突然轉向為東南。一開始看起來風平浪靜，轉瞬間風力加大。說會拆了屋頂的風，就是它。

老興想趕在回南前回到家。

眾人的船已經駛近石城，而老興的船卻才剛進入汪洋中。

起初是北風，越靠近馬崗時北風就越透；但老興知道，這段北風過之後，很快就回南了。他得趕快。他的機舢舨出產於民國七十二年，馬力數有十五，總噸位〇．二七噸，汽缸數二，在馬崗漁港裡還算是馬力不錯的新船。可老興不知道，再新的船，放在大海裡，都是微不足道的。

馬崗的暗礁多，外流有三個海潮交會，做海的人幾乎都清楚。迷航的時候，最怕把燈塔的光亮誤認為鼻頭的港口，船不小心開得太進來，就撞上了海底的暗礁。運氣好點的，是擱淺。

在老興有記憶時，曾有一艘遠洋的船想入港避風，結果撞上暗礁。所

幸只是毀了船，船員在附近村民的幫忙下涉水走上岸邊。船身很快就被浪擊得粉碎，殘骸和上頭的舶來品全沉下海。好一陣子後，他還聽去採石花的妻說，在黑礁附近看見幾罐浮著油的瓶子。像是舶來品。

老興聽過最嚴重的撞船事件，應該是日本時代的。老興是民國二十年的人，也度過十多年的日本時期；至今，他還常聽著日語歌消遣。或許是在老興還未出生前的日本時期，萊萊鼻再過去一點的火船頭仔，就有一艘黑火船撞上，死了不少人。但也有人說那是南方澳仔過來的船，進的是馬崗的漁港，後來也是一整船的人被拖上了岸，在港邊排成一字型，等著家屬認領。看見這一排人的人不少，但能記得的不多；畢竟，災難太多，多到被生活壓了過去，便也不得不了然了。

終於破浪到了馬崗的外海，老興沒時間徘徊。

他得進港。

從萊萊鼻算下來的礁真的不少——早期因為魚群而引來鳥類駐足的鳥仔礁就有三顆；接下來是三貂角燈塔正前方，看上去整粒黑黑的黑礁仔；大礁，再下去是雙礁仔，前後各一粒，中間水流的溝是空軍溝，名實相符就是和空軍有關；接著是雙尾礁仔，還有最多事故的紅礁仔；颱風總從此處上岸，也是東北角的極東點的沙角尾；沙角尾前突起的地方是深溝則；紫菜發得最好的前頭礁仔；順著水的流行出沒，要水乾了才能看見的流行礁仔；最後是鼻仔尾、馬公港，再過就是卯澳。這還沒算靠近港裡的憨番窩仔、船窩仔、拼溝、拼拼溝……

老興細算那麼多，找不到一處是沒發生過意外的。

北風逐漸減緩，風雨即將轉向，沒有多餘的時間讓老興徘徊了。他想，最能先避開的應該是紅礁仔。凡撞上紅礁仔的船幾乎無一倖免。

船在浪尖上起伏，海面是甚麼模樣已經難以辨識。越靠近港口時，耳邊就傳來越清晰的呼喊聲。老興仰頭，雨斜打在他的臉上，眼皮很難睜開；他看不清港邊站的人有哪些，不過晃眼而過，似乎是站了不少的人。

想也知道這不是迎接老興的。

「轉去轉去，毋通入來，毋通入來。」女人的吶喊聲，參雜著哭嗓。

那是妻。

可眼見已經要入港的老興，怎麼可能就此放棄？再說，現在回去石城

避風也早就來不及了，下一波的風雨即將來襲。

老興想起昨夜出門前，下午忙著補手網，忘了固定屋頂了。他擔心回南的風太強，會將屋頂掀了起來。

那是他的家啊。

喊著他不要進港的聲音此起彼落，越來越劇烈。不只有妻，他看見小女兒也跟著喊。可小女兒才多小，哪會知道海上的他正在做甚麼，只不過是被眾人恐懼的情緒感染了，跟著哭罷了。

浪將老興的船推往外海，他就再一次乘風破浪。

老興別無選擇，從他不到石城避風那刻起，他就只能進港，回家！

老興的船影在湧浪中消失了幾回，每一回，都像是迫降的機翼，推著風，不斷往前。就在老興船影突然消失那刻，浪尖的另一頭出現了另一艘船。後來有人說那是澳底過來的船，也想入馬崗避風，可別說澳底的船了，連想回家的老興都被海浪吞沒了好幾回。根本靠不近港，怎麼避風？

老興的船又從浪中衝了出來。他已經全身濕透，船板裡也淹上了不少被打進的浪，魚簍和機具東倒西歪，纏在網上。老興的腳也被網繞了一圈，難以動彈。

澳底的船緊緊跟在老興的船後，想搶在老興前面入港。

確實，徘徊在外海越久，風險就越大。這道理那人懂，老興當然也懂。可老興也不是故意要徘徊不前的，是他試了多次，都在紅礁仔外被一道猛浪打了出去。

又一回，老興的船消失在浪裡。

港邊的眾人再度傳出哭喊聲。這回小女兒的哭聲很明顯了，喊著，「阿爸阿爸阿爸，你緊轉來緊轉來……」女兒不明白強行進港的危險，只想著要他回家。

每一次的吶喊，老興都聽見了。

他再次躲過浪，船壓上了浪尖。

除了女兒外，妻和其他的村民都喊著他不要進港，太危險了。女兒不懂隱藏在海底的暗礁的危險，只看見了眼前不斷消失的他，又喊，「阿爸阿爸……」

老興決定了，他一定要回家！

突然一陣浪推來，彷彿有預謀般地將老興的船轉向紅礁仔的外圍。

不行！要回家！

老興將聲音吞進心底，然後將馬力加速到最高，在即將撞上紅礁仔時猛地轉向。

碰。

船尾傳來巨大震動，老興抓著方向桿的手被甩開，整個人連同本就散落的機具，撞在了一起。機具反彈砸到船尾，船板被砸出一道裂縫。離破底還有一段距離，但船板上本就被潑上的海水，開始往裂縫滲入。老興只聽得見水流的聲音，眼前的視線開始模糊，仰著面看著的天空滿佈烏雲，厚重的陰霾透不出半點光亮。

他突然很想知道，下一次放晴的天空和大海是甚麼模樣的。

視線暗下，再也沒有任何畫面和聲音侵擾。

世界安靜下來。

就在這時，老興唯一聽見了女兒的聲音——

阿爸，風颱就欲來矣，你猶閣欲出去嗎？

無出去欲按怎趁錢。

你啥物時陣轉來？

風颱來進前著轉來矣。

女兒的聲音彷彿落在引擎聲上，老興猛地睜開眼，一隻手勉強握著方向桿，下意識導航著整艘機舢舨。

對了，答應了女兒風颱來之前就要回家的。

老興一直都記得。

浪不肯罷休，又再一次將老興推往索命的紅礁仔。老興的船重新出現在眾人的視線裡，左右兩側的水流同時夾擊，浪腳朝他而來。

他不閃，決定正面迎擊——

緊接著巨大的撞擊聲響徹雲霄。

馬達聲平緩下來後，老興的船已經開過外海那幾座暗礁，順著水流滑進港內。就在老興跟著港邊逐漸平息的聲音放鬆時，外海傳出一聲巨響。是剛剛一直跟在老興後頭的澳底的船。可當老興轉過去看時，那艘船的船身已經四碎，就撞在紅礁仔上頭。許多原本因為擔心老興而聚集的人，紛紛拿出繩子來，沿著幾個已經裸露在外的石礁，跳到最靠近紅礁仔的地方。

浪還是太大，繩子完全拋不過去。

破碎的船身被浪不斷推送，上頭的人呼喊救命，下頭的人手足無措。

老興正想著要不要重新啟動船，出海去將那人撈回，便聽到迎面而來的怒喊，「你是無愛命是毋是？為啥物愛遐爾仔固執，為啥物愛硬駛入來啊？」妻憤怒的拳頭胡亂無章地搥在老興的身上。

就在這時，有船出去救人了。

妻的聲音很尖銳，老興望著出港的船，只是不發一語，揹著凌亂的網，瘸著腳走回家。

那次，颱風沒有回南，隔日便放晴。

老興趁著天色還早，重新修繕被撞壞的船尾，聽到了前一日出去救人的人說，澳底的船被摃填了[2]，而那個人沒有救活。

2. 摃填：kòng-thiām，沉船。

無腳，無嘴，無頭殼

比追鯊魚時還累。

二良很想抱怨，但走在前方的「老師」不容許他停頓片刻。奔在海坪上，浪的動靜指揮著他們前進的速度。

「憨喔，緊啊！」

二良揹著籗[1]跑了起來，腳步在海坪上大步躍進。

但他實在跑太慢了，根本追不上老師的速度。老師前腳才剛罵完他笨，後腳已經瞄準最靠近浪尖的石礁，跳了過去。動作沒有任何遲疑。腳落地瞬間，肩上的手綾仔已經順著身體的弧度，朝海面拋了過去。

二良甚麼也沒看清楚，只是一直追著。

「遮啦，你欲去佗位？無頭殼喔。」這不是老師第一次這麼說二良，

1. 籗：khah，竹簍。

說得二良都懷疑自己的頭殼是不是真的不在了。

一波潮水退去後，二良看見老師所佔據的海坪上長著青苔，而就是那些青苔，引來了海底的魚群。魚在湧浪的時候，會露出海面覓食，這時候海面下就可看見一群魚的尾巴彼此交疊，在浪花與陽光的交錯下，閃耀無比。

那閃耀，就是老師練就了多年的敏銳。

在二良看來，潮水湧起和退去都沒有太大的不同，只是一片長了青苔的海坪。他唯一的念頭，就是小心別讓自己跌倒。要是跌倒，又不知道該被老師罵些甚麼了。

「憨喔，路攏行袂好。」才剛想完，老師的訓斥劈頭而來，二良才納悶著，自己站得穩穩的，沒跌倒啊？就在這時，二良一腳往前踩，或許是剛才追趕的速度太快，緩慢的節奏一時適應不了，腳，真的踩空了。

二良撲通一聲摔進海坪的低窪裡。

水不深，只不過滿到膝蓋。

二良吃了水，摸摸鼻子又自己爬了起來，在老師嚴厲的目光中，只記得檢查身上的籗有沒有弄壞。

又一波浪在海中央蠢蠢欲動，老師沒時間責備二良，轉身又往海的方向跑去。

浪熊熊滾來，打在老師前方的礁石上，礁石與海面的交接處產生白色的浪花。老師肩膀撐起，手綾仔呈現喇叭的形狀朝著海面蓄勢待發，就等著老師的直覺的號令。

就是現在！

打上礁石的浪即將滑回海裡的瞬間，瞄準那群沸騰滾動的閃亮，拋網。幾乎是同一個時間，拋網的當下就聽見魚群啪啦啪啦的掙扎聲，浪越退回海裡，魚群的掙扎就越奮力。老師將網撐住，魚群在網裡擠成一鍋雜燴，拚命想鑽出魚網。

「有看清楚無？愛趁水濁的時陣放。」

「為啥物？」

「水若濁你人看有嗎？」

「看無。」

「所以講魚仔嘛看無啊。」

這是老師拋網的法則，二良嘟囔著說，「魚仔攏看無矣，我人當然也看無啊。」

二良的聲音引來老師一道寒冽的目光，但不是因為他問了愚笨的問題，而是他忘了幫忙拉回魚網。網裡的魚死命掙扎的力道，想回到海裡的慾望過於強烈，他們得比魚的心智還要堅定。

一定要把魚拉上來！每一次二良在老師後頭拉網時，都會在心底這麼念著。

白日裡看得見浪的反射，所以二良有時一天得跟老師去海坪好幾回，直到老師覺得滿載了，他們才會結束工作。但每當二良以為追著浪的工作結束時，吃飽飯後，老師又會來到二良家裡，要他去幫忙。

原來老師連晚上都能抓魚。

水乾的時候，海坪上會有淺窪，那稱為窟仔。哪一個窟仔裡有魚，老師的眼睛似乎都看得見。

在二良看來，沒有燈光和漁火的海邊，就是一片漆黑。

老師突然跑了起來，二良沒時間想了，他只能被迫跟上去。

幾日休息沒有了老師的號令，二良才終於能自由活動；不過二良的自由活動，還是依傍著海。

老家是一間低矮的房子，在窄小的空間裡還分出閣樓，因此十分炎熱。夜裡很難入眠時，二良就會跑到沙埔的地方去睡。攤開草蓆，以天為帳，以地為床。沙埔連接著細碎的石頭，碎石接著大石，再來就是浪尾間露出的礁。這一整片，就是海坪。

即使躺在沙埔上，仍聽得見潮汐的起落聲就在耳畔。

有時浪聲太吵，二良就數著海面上的漁火。一柱漁火就是一艘船。不久前才划出港的船，還在海面上留下細紋，沒有馬達聲，只有逐漸遠去的船上的漁人的交談聲。

二良想著這艘出去的船應該夜裡就能回來。

船不大，無法裝載太多魚，抓多了也只能放走。

終於有一艘更早之前先出去的船回來了，二良起身，拍拍內褲下沾上的砂礫，跟著幾個也跑來沙埔上乘涼的孩子，沿著沙埔，追著剛進港的漁船。

不管是大船還是小船，只要有船回來，二良就會格外興奮。

魚灶開始徹夜未眠，柴火發出烈焰，凌晨前就可以煮好夜晚抓回的小卷。

二良做上記號，想隔日趁著主家曬小卷乾的時候，來偷捏個幾尾；可二良的如意算盤打得不好，隔一日早晨，老師又叫上了二良。

天都還沒亮呢。

又是揹著簣穿梭在礁和礁之間的一天。

即使老師技術很好，也總會有無功而返的時候。那天下來沒有多少漁獲量，所以二良又被放了半天的假。終於可以跟附近的孩子一起去玩，當然樂不可支。

最近已經有人換成了「蹦火仔」船，比用竹筏划方便多了。光亮引來魚群聚集，加上引擎改成電動馬達，拉網的力量更加充足，回來的漁獲量也多很多。附近的人家也逐漸把竹筏替換成電動的舢舨。

二良閒晃時，看見已經有小孩子跳在水裡玩了。他也想立刻下水清涼一下。二良還記得要先脫褲子，免得玩濕褲子回家還遭一頓罵。二良跳下水，已經有玩伴先拆下人家船板，丟給了他。

「二良，有鯊魚，掠它，緊！」二良剛接到船板，就聽到玩伴喊著。

他一喊，附近的小孩也都湊了過來。

「緊掠伊緊掠伊。」

二良游了過去。

這些都是小鯊魚，躲進來港裡取暖的。鯊魚仔囝在舢舨間游來游去，不怕人，看起來憨憨呆呆的。

「憨死矣。」二良抓起一隻，就跟老師總說他笨那樣。

人果然不能幸災樂禍，就在二良玩得起勁的時候，老師出現了。

看著老師胸前抱著一簍的銀線，二良的臉就黑了。他穿回褲子，垂著頭跟在老師的身後上了船，馬達聲啟動時聽見老師說，今晚要去龜山島放棍仔，已經跟他媽媽說了。說完，還拿出二良阿母準備的飯盒。二良知道，通常等吃到飯盒裡的飯時，已經冷了。

夜幕裡的海格外漆黑，伸手不見五指。

不過老師不愧是老師，永遠感覺得到水流的行進，知道一望無際的海面下，哪裡是溫暖的，哪裡能吸引魚聚集覓食。

討海人得懂得水流，才能到海上一搏。

海的流行通常很固定，依著日月星辰和四季而變，但一般人卻難以感知。魚是照著水流前行的，在流動的洋流中，會有許多微生物吸引魚群的跟隨。而討海人想抓魚，就得摸清楚海的流行。

此外，魚的眼睛是精明的，白日水流清澈，人看得見魚，魚也亦然；所以通常得等到落日之後，才有更多中魚的機會。

這回老師帶著二良前進龜山島。

龜山島的晚上，流行洶湧。

煙仔[2]屬於浮面的魚，尾鰭硬，搖力大，速度快。如果像花身仔[3]那種身軀較軟的魚，通常會游得比較深底。黑毛跟白毛來說，黑毛屬於比較軟的，白毛尾鰭比較硬，速度快……

老師邊放著軟繩，邊教二良認識海裡的魚。

二良眼睛直盯著船尾越放越長的銀繩，已經過了百米，每一節都結著

2. 煙仔：鰹魚。

3. 花身仔：花身鯻。

釣餌。勾尖內彎的釣餌上鉤著餌，隨著船逐漸前行，依次放入海中。沿著船尾，串聯的主線上又延伸出勾著餌的細線。

就這麼一段，一段，放入海中。

「聽有無？」老師突然問。

二良根本沒注意聽，雙眼瞪大，充滿困惑和愚鈍。

果然老師又罵，「你無頭殼嗎？」

二良委屈，卻不敢吭聲，只能下意識把玩起最後放完的銀線。未料，老師卻大喊他放手。

才回應過來，已經來不及了——二良的手指頭被魚鉤鉤個正著。

二良大叫，水流太急根本掙脫不了。老師馬上關掉船的引擎。船不動了，可鉤在手指頭上的鉤子卻帶著一股反向的力量，一節節地將他往百米外的方向拉去。

恐懼壓過了疼痛。

二良第一次感覺到自己跟海流拔河，明明海面平穩，但只要有浪輕輕浮動，拉扯的力量便更大。二良終究還是輸了，強勁的拉扯鉤下了二良手

指頭上的一大塊肉。他不敢哭出聲，只是壓著不斷湧出鮮血的手指頭，顫抖著，任由眼淚直掉。

老師異常冷靜，沒有破口大罵二良，而是拿著布，替二良壓著傷口，然後直接收起才剛放下的棍仔，打道回府。

二良感覺回程比去程還要遠，總是看不到熟悉的港口。總算看見漁港裡稀疏的燈火時，他才發現血已經止住了，乾涸的血塊凝結在布上，輕輕撕動就皮肉分離。

他很擔心手指頭的傷口，數次想要揭開布查看，可勇氣不夠。

老師或許注意到二良猶豫的模樣，便道，「小孔嘴爾，毋免煩惱，稍等轉去叫阿姑替你糊一寡藥，過兩天著好矣。」老師說的「阿姑」就是二良的阿母。

說起來，二良跟老師還是同輩呢。

明明是該叫聲「哥哥」，卻叫了「老師」，感覺輩分上大了二良許多；可二良也沒甚麼好不甘心的，畢竟老師做海已經做了十多年了。

聽說老師十多歲就上船，做人家海腳。

接下來好一段話，都是二良在等著血液停止到回港的時間裡，從老師口中聽到的。

老師也有像二良這樣，笨拙上船，低頭被罵的時候。老師沒有像一般討海的家庭一樣，有一個做海的阿爸。這點跟二良家很像。二良的阿爸是做田的，不懂海，阿母雖然在海邊長大，但也不曾出海捕魚，當然也沒有甚麼技能能教二良的。因此，二良從讀書後，只要有放假就會被阿母叫去跟老師學習。但是老師沒有二良幸運，有一個可以教導的親戚或長輩。他是靠自己摸索而來的。起初不懂，就做海腳跟村裡的長輩上船。還是學徒的時候，漁獲被人缺斤短兩收購都是家常便飯；好一點，是用抓魚的數量來分成。好不容易學到了一些技術，有了功夫，成為「海誠厲害的人」，但沒有自己的船，也常因為跟人合夥而吃虧。老師出的是工，合夥人出的是資金，當然理虧。終於買了自己的船後，又是一個得看天臉色的日子……

老師說著，伸出自己的手掌。

二良發現上頭的傷痕很多都已經結疤，被一層層厚繭覆蓋。

「閣會痛嗎？」二良摸著其中一個扭曲的疤，問了一個以為又會被老

師罵的問題。

老師笑笑，說，生活哪有不痛的。

上了船的二良，總像沒有腳的人，無法自由行動；沒有嘴，不能回應任何責備；沒有頭殼，因為實在太笨。可那麼厲害的「老師」不也是從「無腳」、「無嘴」、「無頭殼」的經驗中跌跌撞撞。

傷口果然跟老師說的一樣，沒兩天就不痛了，開始結痂。

二良想，手指上的傷口會不會有一天也跟老師一樣，被埋在厚厚的粗繭下？

某一回老師又拿魚來，跟二良的阿母話家常。阿母跟老師說，家裡的田快收成了，梯田沒有灌溉系統，得人工擔水，二良需要去幫忙。老師說好，拿著阿母準備的便當，又準備在黃昏時候去放棍仔。

二良不能跟，他得留在家裡幫忙。

看著老師扛著放棍仔的塑膠簍離去時，二良追了出去，腳步躊躇。

主要留在家做田的大哥突然問了二良一句話，「二弟，你知影無腳會走，無嘴會號，無頭殼會車畚斗是啥物嗎？」

誰不知道！二良滿肚子委屈，不想回應。

「是海湧。」大哥自說自話。

才不是。二良心想。

（原文刊登於《華文文學與文化》第11期）

潛水夫

抓龍蝦要潛到三十米，但人的身體很難在超過三十米的海中自由伸展。趁著龍蝦交配的夏季，產量多，田仔也想多賺點錢，便接下了工作。這次下水，是為了抓龍蝦，與他同行的還有阿彭。阿彭是個老菸槍，田仔穿著保暖衣的短短十分鐘裡，已經吸了第二支菸。

只要潛水，通常都要有兩個人。一個人不下水，在船上顧著幫浦，檢查水管有沒有纏住；另一個人啣著長一兩百公尺的風帶負責下水。這是所謂的風帶沫水，但誰也沒想到在多年以後，風帶的便利性不只使海洋失衡，還有一個個下過水的人的身體的改變。

那天，下水的人是田仔。

「潛水」並非是一種職業，沫九孔也要下水，沫風管也要下水。下水的原因不同，風險和報酬也不同。下水太深，人體適應水壓緩慢，即使有狀況，也不能突然浮出水面。但意外總是來得很快，除了上浮，別無選擇；

至於上浮後，身體會成為甚麼模樣，已經不在考慮中。

田仔就聽過一個才二十出頭的年輕人，到鼻頭角潛水，人下去了，沒有上來。年輕人的爸爸隨即下水救人，也只撈出冰冷的軀體。本以為噩耗已經結束，但爸爸卻因為浮出水面過快，沒兩年後就雙腳壞死，再也不能行走。

那時候田仔還不知道，原來那是一種病，一種下過水的人才會得的病。得病的人需要去「減壓」，雖然是亡羊補牢，但總比沒做得好。高壓艙的技術雖然在上個世紀中後期已經廣為使用，但在臺灣起碼得是民國七十年以後，泩水的人才逐漸知道減壓可以預防所謂的「潛水夫病」（這名稱，田仔還是年過半百了才聽過）在這之前，田仔不知道，村裡的人，甚至更年長的人根本聽也沒聽過。

下水的人都只能依賴老天給的運氣。運氣好點的，上岸就沒氣了，也不拖累誰；運氣差點的，拖著老命不知何時才數到盡頭。

好幾次的減壓，田仔都當作是護心丸在吃。

連續幾日來的關節痠痛，他歸咎於是痛風；皮膚的發癢，推託是下水

時碰到了不乾淨的水母；視線裡偶而出現的灰點，他拐著醫師說是白內障，安排了開刀。田仔還沒有失禁，不過大他十多歲的哥哥已經包起尿布。

「攏是老人病啦。」田仔稱說。

因為這些跟著時節氣候，偶而才報到的病痛，根本不及那一場，他做了半生的惡夢。

夢裡的他，沉入海底。

那日陽光微弱，三十多米的海水下灰濛濛一片，不過田仔感覺得到更深的海裡躲藏著他要的獵物。

龍蝦很多，果然到了夏季的量產期。

在這之前，村裡擅長放綾仔的前輩出海，聽說也中了不少龍蝦，連帶著一些雜魚賣到崁仔頂。比白毛價格好。還有蝦蛄拍仔[1]，都入夏了，數量還是可觀，價格沒有龍蝦高，可買氣好，光在崁仔頂一個上午就能賣出半艘舢舨的錢。這當然是前輩在說的笑話。不過前輩正巧在那年夏天購入一

1. 蝦蛄拍仔：日本岩礁扇蝦。

艘舢舨，這是沒錯的。

田仔來到了四十米。

想起前輩洋洋得意把船開進港裡，在進出港登記簿壓上許可印章證時，田仔就下定決心，自己也要趕在兒子成年前，如此風光一回。

田仔停在了四十米。

應該要有冷意的，但或許是保溫的緊身衣隔絕海裡的寒冷，他始終感覺不到冷意，也或許是因為四十米的水壓讓他的身體進入麻木的沉睡狀態，末梢有些遲鈍。

田仔疑惑時，突然襲來的窒息感讓他慌了。

船上的阿彭似乎沒有發現。

該死的！田仔心底咒罵，料想阿彭大概又是菸癮犯了。

空壓機不正常的運轉聲穿透海水，直達田仔的耳裡。可轉瞬間，聲音又消失匿跡，只剩水中咕嚕嚕的冒泡聲。

田仔只能自救。

他知道不能一口氣上浮，但也不能太慢，胸腔裡所剩的氣不多，他憋

不了那麼久的時間。氣越來越少，田仔本以為自己能循序漸進地游上岸，卻開始手忙腳亂起來。他會游泳，但撥水的四肢如同溺水的人，胡亂擺動。離水面還有十米，力氣幾乎用盡。顧不得老人家說不能突然上岸的告誡了，他用所剩的力氣將自己的身體送上水面。

水嘩啦地從頭頂流下，田仔聽見阿彭的聲音同時，迎面撲上的還有他嘴裡吐出的菸味。

意識猛地模糊。

田仔迷糊間似乎看見了上週才出山的朋友。

朋友做的是九孔池的工作，沒有田仔沫龍蝦來得危險，只是日常巡視池底風管的工作，可上岸時不小心撞傷了頭。田仔一直想不透朋友到底為什麼會去撞到頭。朋友上岸時，頭部流血，縫了四十多針，隔夜睡夢裡就突然死了……

感覺就像是昨日發生的事一樣。

朋友出山時的嗩吶聲、阿彭的菸味，還有田仔在病床上終於感覺到冷意而醒來的瞬間。之後將近四十年，田仔總能很清晰地感覺到血液在流動時，隱隱浮現的疼痛。

聽說潛水夫病很難察覺。日積月累，在生活裡漸漸奪去人的自主和健康。民國七十年以前的老人家都說那是「老人病」。的確，就跟老人一樣，檢查不出任何的異樣，只是突然有一天，發現自己不如年輕時靈活，就得病了。

「唉呦，攏是老人病啦。」如今，田仔也如此跟人說道，然後敲敲坐麻的關節，朝著不遠處逐漸靠近的人揮揮手。

那是阿彭。

阿彭正被自家的外勞推出來，癱瘓已經多年，失智找上了他。

海邊阿公

最大的孫女出生那年，也就是民國七十七年。馬崗漁港新建東、西防波堤一〇九公尺，碼頭一七〇公尺，為第二期的建設；自此，擴建工程完成。漁港有了新的面貌，可阿利的女兒們一一出嫁，身邊除了漁船，似乎越來越安靜了。

不知等到女兒們出嫁的第幾年，有了孫子孫女，阿利才重新感覺到熱鬧。那是三女兒出嫁後難得回家的日子，聽說這次也會帶回三個孫女，他作為孫女們口中的「海邊阿公」當然要展露一番身手。

冒險放風颱綾仔那次，已經過了快七年，雖然是同一艘舢舨，但阿利的體力已經不如以往。平常也只是偶而出海釣個花枝消遣。但是敲揖仔[1]這種小事，還難不倒阿利；別忘了，他可是曾經被人稱做是「天公仔囝」的

1. 揖仔：chhip-á，藤壺。

人呢。

「阿利伯，閣出海釣花枝喔？」

「我欲去敲揖仔。」

「這陣水焦矣，欲去愛緊去。」年輕人說著，阿利已經發動馬達。小小的舢舨駛出漁港。

敲揖仔的地方離港口不遠，就在雙礁仔。

雙礁仔顧名思義，就是有兩粒礁石，前後各一粒，中間水流過的溝就叫空軍溝；據說空軍總喜歡跳這條水流玩水。那是在民國七十年以前，關島作為防衛站戰線，美軍視東北角為軍事重地，後來關島撤軍，東北角的美軍撤走後，基地便留給了後來的空軍。當然，玩樂的場所也是。

雙礁仔再往外海去一些，就是雙尾礁仔，再來是紅礁仔，那裡也有不少事故，算是馬崗海岸線的最外圍了。

阿利的舢舨沒有出紅礁仔的範圍，他知道哪些地方得避開。

舢舨順利停在雙礁仔旁，他下船，拿出鐵撬，在礁石上敲敲打打起來。

女兒雖然從小在海邊長大，吃過不少揖仔，但他相信生在屏東的孫女

們一定沒有吃過。阿利現在就能想像，孫女們看見這些像小火山的「石頭」，一定會驚喜得大叫。

如此想，阿利敲著揖仔的動作，就更加賣力了。

終於裝滿一袋揖仔後，阿利有些失落，他本來以為能敲到更多的。可眼見日頭漸大，開始照得他兩眼昏花，真的不得不停下了。

船在礁旁晃動，阿利拉住船的繩索，將船拉近身。

原以為一袋揖仔沒多少，卻沒想到重量比想像中重。拉住船後，阿利重新揹起揖仔。但也不知道是剛才低頭時，被烈陽照得昏頭，還是真的雙腳無力，身體站起時，微微搖晃著。

阿利想，要從船的肚子邊爬回去怕是不容易，如果腳沒踩好，掉進海裡可不是開玩笑的。他看見馬達的地方有個比較低的洞。如果是從船尾上去，應該比船腹邊還要省力吧？如此盤算時，腳已經跨了出去。

船突然晃了一下，阿利的腳只來得及上去半截。

他趕緊抓住船身上的平衡桿，屁股勉強抬離海面，可伸進去船身裡半截的腳，卻找不到施力點，無法出力。整個人就像是握住單槓那樣，撐在半空中。這時如果鬆開手，別說屁股了，連頭都會栽進水裡。他沒有多餘的力氣將身體盪回船裡。體力開始漸漸不支，好不容易挪上船的腳竟然還卡在馬達間。

不得不承認，自己早就沒有吊單槓的體力，也早就不年輕，無法如同過往在浪尖上逞勇。

阿利上下兩難，只能撐著。

海浪越打越高，已經來到下一回的漲潮。

這跟阿利原本預想的不一樣。他本來以為頂多一個小時就能完成工作回程，等著女兒女婿和三個孫女回來，然後讓妻去清洗這些揖仔，也不需要太多料理的工序，只要清蒸就很好吃。

從現敲到送上盤中，不超過半天，這是最新鮮的。

孫女們一定會對這鮮甜的海味嘖嘖稱奇，然後嚷著：「海邊阿公好厲害！」

海水浸到了阿利的半身。

耳邊孫女們的歡笑聲彷彿越來越靠近，從早上接到女兒說出發的電話

到現在，已經過了六個小時，如果路程順利，應該已經下62快速道路，正在濱海公路上了。

浪越來越高。

阿利敲揖仔的雙礁仔已經被海水淹過一半了。

握著平衡桿的手忍不住發抖抽搐，氣喘的舊病也開始隱隱作祟。

要不要鬆開手，賭一把？如果頭栽入水裡，還能憋多少氣把腿從馬達的洞裡抽出？還是要放棄，乾脆剪掉腰上裝著揖仔的塑膠簍？

雙礁仔完全沉進水裡了。

阿利身上的汗不斷冒出，抓著平衡桿的手心黏膩滑溜。

他似乎錯過選擇了。

眼下，不管是要賭一把，還是剪掉簍子，都沒有機會了。

阿利閉著眼，孫女們的嬉鬧聲再度靠近，很清晰，就像是在眼前那樣，在房子前後追趕著，依舊喊著他「海邊阿公」。

就在孫女的聲音中，阿利突然聽見了喊他「阿利伯」的聲音。他無法轉頭確認是誰，艫仔的引擎聲便停在了阿利舢舨的旁邊。

是剛才出港前小聊過的年輕人，說是注意到了阿利出港時間過長，有些擔心才開船出來繞繞。沒想到被他看見這一幕。

年輕人單手有力，手撐著阿利的背。

阿利有了支撐，很順利就翻回船板，發抖的手腳不太聽使喚，爬了好幾回，才終於在船板上坐穩。坐回船裡的第一件事，他拉起與他同時浸泡在水裡好一段時間的揖仔，甩甩水，與自己一同，安穩地放在船板上。

確定自己真的是回到了船上後，阿利驚魂未定，愣坐了許久，不斷喘著氣。終於把氣順平了後，才緩緩道，「毋通佮阮厝內的人講，知無。」

年輕人點點頭，什麼話也不說。

阿利的船跟年輕人的船一起回港。

同時間，孫女們也到家了。

阿公的柑仔店

俊父很少出海，但海上的生活少不了他。

他是柑仔店的主人。

討海的男人不出海時，最常聚集的地方就是他的店；男人們到海上時，搬上船的就是他店裡一箱箱維持力氣的保力達。

民國七十年大概是俊父最依賴海的年代，他是馬崗最早一批九孔的養殖戶，九孔甚至是兒子阿俊便當的唯一主食。但後來因為環境問題，加之各種名利上的權衡，他索性挖掉九孔池，不再淌入任何與政治相關的事物。

一開始柑仔店的位址在「海邊」，真的是海的旁邊。門前就是斜坡地，斜坡的尾端接著浪，三不五時風一大，浪就衝到門前。就這麼屈就在正面迎風的石頭屋裡，開始了他的事業。直到兒子三歲，他喪妻，才毅然決然離開原本的石頭屋，搬到了更上頭的房子。

喪妻那時是俊父最難熬的歲月。

在阿俊的記憶裡，懷著雙胞胎的母親就像是捧肚的彌勒，但卻沒有神佛的庇佑，沒能等到孩子降臨的喜悅。在公路還未開挖，沒有鋪柏油的年代裡，唯一能把母親送到醫院的方法，就是坐上顛簸的軍用卡車。

路途泥濘難行，那一刻，才發現臨海的家離醫院格外遙遠……

妻子離去後，俊父依舊維持著柑仔店的運作，侷促的屋，成為討海男人們的資訊交換所。後來又申請了村裡唯一的電話亭，為封閉的世界，打開一扇向外聯通的窗。

不做海的工作後，俊父除了在柑仔店裡聽男人們交換資訊和談論政治外，就是去批貨。批貨並不容易，尤其他還得一個人帶著三歲的兒子，以男人、父親的身分重新摸索母親的角色。雖然公賣局會載來一些必備菸酒，但其他像是菜、水果、雜貨類的民生用品，還是得俊父自己去批來賣。

離馬崗最近的批貨點是頭城。

早起的日子，俊父就揹著兒子，算準時間等公車到頭城補貨。但他只有一個人，一雙手；雙肩留給兒子後，便無法再負荷其他重物。所以他只能每裝完一箱物品，就先扛到公車站，再回頭補下一箱……如此一來一往，趕上回程的公車時間時，才終於補完五、六箱半個人身高的補給品。

回程的公車通常會遇上學生下課。

俊父看著停佇面前的公車，別說座位了，連走道都擠滿了人。大門通常是進不去的，不得不，他只好先卸下背上的孩子，將孩子從窗戶擠了進去。

「車窗有開卡大無？」司機已經停了許久，不斷催促著。

車上同時間開了好幾個窗，學生們的手從裡頭伸了出來，一人一手，接過阿俊。

「接到了，我接到了。」兒子不知經過幾個人的傳送，終於安全地進到了公車裡。

接下來還有腳邊的大箱子。俊父繼續將大箱子扛上肩膀，來回五、六趟，終於也把箱子塞進人縫裡。學生空出腳，跨在那些大箱子上。公車的空間從沒有過那麼被有效地使用，唯有在俊父帶著阿俊補貨的那些日子。

終於不用再揹著兒子補貨時，阿俊已經能在柑仔店門口自己玩耍了。門內的大人繼續談論時事，門外的孩子也沒閒著，彼此共用一個基地。

尤其是店外的那條小溪。水從山上而來，順水而上，來到半山腰處時會有一座水塘。阿俊常和帶頭玩的孩子一起去水塘抓魚；殊不知，水塘的主人不好惹，一看見孩子侵犯他的領地，抓起棍子就追。

「緊走緊走！」帶頭的孩子喊。

「恁遮囡仔若是閣來的話，我就共恁遮的踵頭仔遏落來插尻川！」老人飆著同一句話罵，聽著那份威脅，阿俊常覺得自己的屁股有股涼意。

又一回，帶頭的孩子又說，「等一下𤆬[1]恁去挽 tomato[2]。」

果不其然，又被老人抓到了。

但下一回，帶頭的孩子還是會在柑仔店的門口集結所有人。不為什麼，因為那總是脾氣暴躁的老人，就是帶頭孩子的阿公。孫子帶著同伴去偷拔阿公的蕃茄，偷抓阿公的魚，也不知這趣味在哪；可阿俊與附近的同伴，在追罵聲中，就這樣玩了整個童年。

1. 𤆬：tshuā，帶。
2. tomato：thoo-má-tooh，蕃茄。

等阿俊上了小學，柑仔店裡除了男人們的說話聲，又多了電視聲；尤其是黃俊雄的布袋戲，每日的六點都會準時上映。還小的阿俊看不懂時間，可電視前，總會準時出現阿俊的身影，他就跟戲裡的哈嘜二齒一樣，留著兩顆大門牙，一同笑著。這時候的俊父，或許在盤貨，也或許還在跟人討論時事。

窄小的店裡，此起彼落交疊著不同的聲音，卻互不干擾。

「頭家，搬一箱保力達。」有人在門口喊。

在電視機前專注盯著螢幕的阿俊不忘環顧店裡，尋找俊父的身影。

「阿爸，阿叔欲保力達。」

「你先共數記佇壁頂頭。」

阿俊拿起粉筆，熟練地踩著板凳，用歪斜的字在牆上記下某某某尚未付款的細目。每一筆他記過的帳目都清楚留存，但過不了多久，這些帳目又會突然從牆上被抹去。

到底付款了沒？阿俊沒有俊父收款的印象。

有時候來店裡的是與阿俊差不多年齡的孩子，不會像大人那樣喊著自己要甚麼，而是小心翼翼地拿出口袋裡的零錢，計算著能買的點心。

「囡仔人莫吃遐爾濟泡麵，無健康。」俊父總會在孩子將點心拿滿手時說。

孩子換了手上的泡麵，伸手拿飲料時，俊父又阻止了，「飲料嘛莫啉遐爾濟。」說這話時，完全沒有注意到自己的兒子正躲在電視前，喝著今日的第三瓶飲料，而放在桌上的水一口也沒動過。

阿俊跟來店裡的孩子使眼色。

孩子悻悻然放下點心，走出店外，但沒有離去，只是繞了一圈後趁著俊父不在時，又回來了。孩子買完點心後，邀著阿俊出門。於是孩子們又沿著店外的河流，往上游移動……

柑仔店的日常瑣事就這樣佔據了俊父大半的人生。

俊父年老後，雙眼失明，卻仍舊熟悉地舉步在柑仔店內。因為貨架上的物品、室內的陳設、屋外的環境，他已經用了四十多年刻在了腦海裡。

還在就學期間，阿俊常在去坐基隆客運的路上，遇到一名歐里桑。阿俊對歐里桑並沒有印象，可他每回都會莫名其妙地叫住阿俊，彷彿從小看

他到大似的。

「少年人，你愛有孝你阿爸喔，伊一个查埔人愛飼你，閣愛顧家庭，誠辛苦矣。」

父親到底有多辛苦，在窄小的柑仔店裡放置了多少年歲，柑仔店又承載了多少人的韶光年華……這疑惑，阿俊在心底放了許多年。直到某一天，柑仔店正式結束營業，阿俊才恍然發現俊父的聲音，柑仔店裡的嬉鬧聲，已經離去了。

第二章　安身立命

海的嫁衣

那還是在一尺布只需要一元的年代，一斤白草[1]也大概是這個價格。春華已經許久沒有做衫了，不太知道需要多少斤的白草才能做一件新娘衫。幸好，附近有女兒剛出嫁的人家，聽說也是手工做新娘衫，春華打算先去沫水，等上岸後，把眼下這批黑草[2]先拿去曝曬，再去探聽。

春華身上包著略緊的花布，那是女兒淘汰下來不要的長袖毛衣。

雖然時值夏季，再幾天就是端午了，可岸上與水下的溫差還是很大，尤其下水瞬間，如果沒有做好保暖，很容易發生意外。整天都在洗三溫暖，下水時凍得難以吸呼，上岸時又熱得頭昏眼花。尤其耳朵容易跑水，那時飛壘口香糖是家喻戶曉的糖果之一，也被春華拿來當作耳塞用，減少水壓

1. 白草：乾石花。
2. 黑草：濕石花。

的負擔。

女兒的毛衣已經脫線，春華在毛衣外層還多穿了一件她自己的長袖。褲子特別找了素深色長褲，看起來不容易髒。褲管鬆緊帶用橡皮筋加強伸縮，以免下水時褲管被水流沖起，刮傷了腳。但這也無法避免春華的身上仍有許多被礁石撞傷的大小疤痕。頭套是自己做的，很簡單，就在面罩上的眼睛、嘴巴部位剪出洞口，套上後便會遮住整個面龐，僅露出兩粒眼睛，一片乾裂的厚唇。草鞋是村裡人做的，一雙也要一塊，穿上草鞋前她會先包好襪子，再用麻繩綁緊。接著是戴手套。她用的是深褐色的手套，原因無他，就是看起來不髒，不用洗。最後才是掛水鏡，準備下水。

春華走到礁石前，透著海面的波紋探出頭，海水倒映出她自己的臉，陽光太刺眼，根本看不出海水底下有沒有石花。

她看見一波波擠到自己腳下的浪鑽進了礁石底部，彷彿有個無底洞，將不斷湧進的浪給吞了進去。

春華記得剛與村裡人學會沫水那時，在礁石底部吃了幾次的虧，還好同行的友人及時拉住她的手，才躲過了不斷朝她招手的浪。

還年輕時，被嚇了幾次，就成天跟丈夫嚷著不再沫水。可女兒出生後，柴米油鹽都要錢，她便向命運低頭了，與那些長年行走在岸邊的婦女們一樣，揹起了孩子，尋找任何可換取費用的海物仔。

女兒成長那幾年，海物仔很多。整片的海蝕坪台沒有所屬，因此見者有份，願意來與大自然討生活的人，都不會空手而歸。珠螺、畚箕螺、苦螺、鐵甲[3]這類被潮水滋養、被礁石庇護的生物很多，彷彿取之不盡，每日來海邊巡視一回，就能賺夠那日的三餐。

最好價的還是石花，每年年後到端午節前，春華幾乎每日都到海邊報到。從初春時的小花仔開始採，直到大出時的鳳尾，這時的品質最好，量也最多。

下水後，春華將水鏡泡進水裡，戴在雙眼處，擠擠眼，調整角度。

通常挽石花不需要沫水太深，下潛的深度約三、五公尺，憋一口氣的時間，就足夠讓她伸下手去，探探石礁底部的石花。不過這還得有足夠的

3. 鐵甲：大駝石鱉。

經驗。哪一塊礁石下石花長得最好，也要看水流的方向、流速，陽光夠不夠充足。即使鄰村的人來，也不見得能掌握每一塊礁石下的海流跟石花。

礁石下有幾層被水流挖空的海溝，也都是自己真的下探過，或是曾有過某某人去了某某礁，發生了甚麼而傳回來的消息。有時還得掌握好漲潮的時間。一開始空手游過去外海的礁，等滿手而歸時發現漲潮，便很難再回來了。隔壁的某人就是漲了潮，沒有再回來。

春華不太喜歡群體行動，即使退潮後鄰居來邀，她也總是婉拒與人同行。漸漸地，大家都很有默契，也習慣了某某人常出沒於哪一區，而盡量避免不要重疊。畢竟海那麼大，從來就不屬於誰。

她抓到了一把石花，跟手套顏色相似，接著往腰間的網簍裡裝。網簍是春華自己用袋仔絲[4]做的網子，掛在腰間，當網子裝滿石花時，整朵圓圓的就像繡花球那樣，很好看。偶而摸到石縫間的貝殼，她也會用螺鉤鉤下來，跟石花一同塞進網簍中。

4. 袋仔絲：苧麻。

春華怕麻煩，不喜歡來來回回走太多趟，所以她常是將網簍裝到沉重又吃力後，才願意上岸。

三斤黑草，曬成一斤白草；一斤白草，可換做一尺布。

反覆下潛時，春華也不斷在計算著女兒的新娘衫的尺寸。

還好整個海蝕坪台下還有取之不盡的石花，只要她多採一些，或許還能替女兒多做個嬰兒服，給未來的孫子。

聽說早年馬崗的石花並沒有那麼多，也沒有發得那麼好，尤其日本當局的限令，即使居住在濱海的居民也不能隨意進入海防地區。後來為了讓她們這些靠海生活的漁婦們能下海採石花，還特別頒令了「石花菜採取證」，規定了採摘月份與路線。

一開始是外銷日本，提煉成洋菜的成分，石花銷路最風光的時候，是一上岸就有人等著收，也不用曬。但因為供不應求，加上野生的石花成長緩慢，於是便有人在石花產季過後，拿一個草繩把石花綁在石頭上，丟進海裡，讓其生根成長，這樣來年礁石底的石花就會再繼續孵育。這方法在春華嫁到馬崗後，也聽人說過，不過對象是一名八二三炮戰的老兵，拿補助的錢，用草繩把石花綁在石頭上，想拿去澎湖繁殖，但是水質不合沒有成功。

漲潮了，春華還沒能裝滿一個布袋，只能先上岸。甩掉身上的水，迎面而來的海風起了涼意。她將今天挽到的石花先放在水流下沖洗，然後趕緊換了身乾的衣服，來到鄰居家問新娘衫的事。

「你查某囝毋是去留學嗎？」

「轉來矣，這馬佇臺北吃頭路。」

「佇臺北上班喔？薪水袂穤呢。你誠好命矣。」

「哪有，猶毋是就按呢生活。」話雖這麼說，但春華心底確實掩不住高興。

那日閒話家常許久，回家時已經錯過了能曝曬石花的時間，讓春華有些懊惱。可幾日後，又有一件讓她無比失落的事，是女兒的新娘衫已經做好了，但不是春華去訂做的那套。

女兒電話打來，跟她說結婚那日會將她接去臺北的宴會廳，不打算在村裡辦。

「新娘衫呢？」春華急切地問。

「我請人訂做矣，已經送來矣。」

春華沒向女兒說自己也替她訂了一件，傳統的，大紅色的喜服。她本想說，可聽著電話那頭女兒滔滔不絕說著自己是如何請到有名的設計師，來設計新娘衫的，她便不忍打斷，只是忍不住撫摸著腿上疊好的新娘衫。春華這才看見自己的手，因為長期泡水，又長期曝曬在陽光下，幾乎看不出毛孔。

掛了電話後，春華將新娘衫收進了一只有些斑駁的箱子裡。

再過幾年，一斤白草的價格漲到了三百，春華體力最盛時一年甚至有快十萬的收入。她將所有的精力都放在挽石花上，一年能有將近半年的採收期，再加上後續曝曬，便可以讓她打發掉春夏兩季。

後來東北角沿岸石花聲名大噪，外地人相爭來挽，也不知是技術不好，還是過於貪心，總是整株連根拔起，一回兩回，礁石便越來越光，那一塊的石花就不再發了。但如果能留下根部，其實只要等待半個月，便又可在同一個地方再次挽到石花，石花因此也能生生不息。

沿岸的石花命運就如同春華那一代的人一樣，某一日，被拔去了精華後，便開始走向了消亡。

有時起床，頭痛劇烈，那日就會手腳無力。體力不好就無法下潛到更深的地方，只能從岸上不斷打來的波紋中判斷石花的位置。一朵看成兩朵，還以為賺到了，下水後才發現根本沒半朵。這才是真的老眼昏花。

春華甚至不知道自己是從何時開始，體力漸漸下滑，直到每一次上岸都花上了她全身的力氣。甩掉冷水時也是，搬回黑草時也是，就連反覆的曝曬也是。才不得不承認自己老了。

年輕的時候就覺得漂洗石花的過程很煩人，年老的時候更是如此。曬石花時，又最怕遇到西北雨，躲都來不及，好不容易要曬乾的石花，一場雨下來又濕答答了。後來收石花的人也很挑，曬成乾草了還不夠，還要求要挑掉草裡頭的碎石、貝殼。隔壁家的孩子常開車回來，能用車輪把石花上的貝殼碾碎，抖下來。但春華就沒有那樣的能力和體力了，只能反覆曝曬，偶而拿著木棒敲打，能敲出多少碎貝殼來就算多少了。

一般來說，日頭炎的時候，一天可以曬個兩次，三四天就能把黑草曬成白草，完成漂洗。但春華需要花更多的時間去做。

女兒的女兒長成大姑娘後，也即將出嫁，春華又想起了當年那件做好，被收在箱子裡的新娘衫。

這幾年下來，春華也有一些小積蓄，她打算去做一件更好的新娘衫給孫女。可隨即想起女兒當年穿的那套白紗，又聽說請設計師要花不少錢，春華擔心帳簿裡的錢不夠，於是放下了一簍黑草，再回頭下了水。

但這回孫女依然沒有穿上春華準備的新娘衫。

聽年輕人說，現在裸婚很流行，就是不講究下聘、宴客，連回門也省了，只是一大家子的人坐下來吃頓飯，當作見證。春華問要不要穿喜慶一點？女兒跟孫女都覺得沒必要，她只好又把新娘衫收了起來。

她想起自己花樣年華時，曾經如此期待穿一件喜慶的新娘衫，在出嫁那天。成為做海的查某人後，她便一直希望自己沒穿成的新娘衫，能讓女兒、孫女穿上。或許是時代不同了。如今春華的箱子裡又多放了一件新娘衫，與女兒的，還有自己當年出嫁時，因為費用不足而沒縫製完成的那件新娘衫，疊放在一起。

春華收好箱子後，又回頭穿了那身花上衣和素色長褲，套上面罩，綁上網簍，穿上釘鞋，戴上水鏡。

再次往海的地方走去。

沒有機會穿上新娘衫的春華，彷彿用了一生，嫁給了海。

九孔窟、沙士、三支雨傘標

上工前，一定要來一瓶沙士！這是秋桂的定律。

時值民國六十七年，有工程背景的行政院長上任，馬崗周邊環境進行養殖評估後，挖掉了原有的九孔窟。九孔養殖業一度受到不小的震盪，但當時九孔養殖還是很興盛的行業，原一批雇主不做了，自然會有下一批的雇主。所以這對秋桂和阿妹來說，雇主是誰沒有太大的影響，只要能準時上工，準時下工領薪就好。

九孔窟的工作很固定，早上八點報到，還沒有流行打卡機，就以班頭的眼神清點為準。十二點放飯，休息到下午一點，然後一路做到五點放工為止。

秋桂家離新建的九孔窟很近，幾乎就是門前沒幾步的距離。那是好幾年之後，做九孔的工作才從馬崗移到了啟源。前幾年還在挖池子的時候，阿妹總會帶著才剛四歲的女兒到工地來，那時候秋桂已經在隔壁挖好的池子旁準備孵九孔了。算起來，兩人熟識已經十來年。

秋桂剛把塑膠板上孵大的九孔撥下來，準備挪到九孔窟裡放養。剛開始孵出的九孔才米糠粒的大小，現在已經有半個指甲大了。

阿妹負責的工作是飼菜。把整袋四五十斤的龍鬚菜搬到木筏上，用勺子投料，光這工作就需要三個女人來做。一般在九孔窟洗栽仔、洗板、摒窟仔、飼菜的人都是女人；男人做的是需要沬水的工作，像是檢查風管之類的。

九孔怕熱，所以通常九孔窟的工作是從入秋之後才開始的。冬天沬九孔時更是折磨人。潛水衣只是半套的裝備，沒有防水功能，只能勉強縮緊身體減緩體溫流失。每次一下水，通常都要待上六個小時。

阿妹忙了半天終於上岸，秋桂正好也洗完了板子。

「你妹仔啥物時陣欲轉來啊？」秋桂問的「妹仔」就是當初阿妹帶來工地的四歲女孩，聽說人家現在已經是兩個孩子的媽了。

「伊講暗時會到，臺北會塞車啊。」阿妹回。

秋桂打開新的一瓶沙士，咕嚕嚕地灌下肚。

「你拄拄仔毋是才啉三支雨傘標，這馬閣啉沙士？按呢毋好啦。」阿妹看見秋桂丟在一旁喝空了的三支雨傘標的玻璃瓶，越積越多，完全沒有削減的跡象，直搖頭。

「無法度矣，頭一直痛矣，閣愛做。」秋桂不以為意，把喝完的沙士瓶丟在三支雨傘標的玻璃堆裡。

這裡的人幾乎都這樣喝，一堆玻璃瓶說實在的也分不清楚到底是誰喝的。不過秋桂每天都要喝一瓶三支雨傘標，再加一瓶沙士倒是真的，偶而下工前還會先喝一瓶沙士。

強烈的氣泡下肚，彷彿能帶走一天的勞累。

雖然九孔窟的工作很固定，但也或許是因為太固定了，秋桂感覺自己一整天、一個月，甚至一生都得如此了。這麼一想，她又不由自主地灌下第三瓶沙士。

「啉傷濟矣。」阿妹在旁勸阻。

又一個晴朗的日子，秋桂跟阿妹同時下到池子裡。

九孔窟裡的水已經放乾，剩下不多的水只到腳踝。今天要做的工作

是——摒窟仔[1]。秋桂、阿妹，還有其他婦女會先從頭並排，每個人中間分隔一條距離，然後將原本孵著九孔的板子翻起，放到空著的那條路溝上。

成熟的九孔已經在前一日搬上岸，一簍一簍賣了出去，剩下的就是石頭縫裡可能還漏掉的九孔。這批九孔價格通常都會便宜一些，品質良莠不齊；不過秋桂不計較，她打算跟老闆便宜買一些。

女兒帶著孫女要回娘家了，終於也讓秋桂等來了這天，思及此，她的動作就越賣力。

可就在秋桂扳起板子，正要起身時，突然感覺視線灰暗。

隱約聽見阿妹在一旁叫喊，秋桂想回應。可能是頭太痛了，她想叫阿妹拿個三支雨傘標或沙士給她，可是叫不出口。

阿妹的聲音很急促慌張，直喊著秋桂的名。

秋桂突然無法掌控自己的身體，只看著自己在水中的倒影，與自己傾下的身體越來越近……

那次昏厥送醫，秋桂被診斷有輕微的中風現象。

1. 摒窟仔：piànn-khut，清池。

即將邁入老年，工頭趁機叫她們這些能領退休金的都退一退。

第一次昏倒，秋桂沒有放在心上，只不過不能再去九孔窟工作後，便只剩下跟著時令而走的海蝕坪台上的紫菜或石花可以維持收入。無法再到九孔窟上工後，秋桂又喝了更多的三支雨傘標和沙士，彷彿嘴裡混合的糖漿與氣泡，能把一成不變的日子沖出波瀾。

秋桂依賴著沙士的氣泡和三支雨傘標的苦澀糖漿又度過十來年。

不知第幾次中風後，秋桂坐上了輪椅，成了村裡人家所說的「老人家」，出入由外勞推送。

九孔窟換了一批新面孔，大多都是來自於印尼或越南等地的人。村裡的人也叫他們外勞，做著與秋桂和阿妹年輕時做的工作：洗栽仔、洗板、摒窟仔、飼菜、沫水……不過聽說現在飼菜方便多了，只要拉出一條大管，大管的另一頭就會自動把攪好的龍鬚菜噴進池子裡，不用再揹著一袋袋沉重的飼料袋了。

但這些，秋桂都只是聽人說。

年輕時做的一切於往後而言，似乎都沒甚麼意義了。

惜花人

民國五十年，阿歲從花蓮搭上金馬號，來到了馬崗。

那是她第一次親眼看見丈夫所形容的海。

丈夫跟馬崗的漁民們一樣，偶而會到花蓮抓魚。清晨從馬崗出發，到花蓮差不多是十點，接著開始放網。漁人的船通常都不大，有的只是中型的機舢舨，累了就睡船底，那麼一趟路過來是為了抓煙仔虎[1]。可有時連油錢都不夠。

阿歲從小生長在花蓮的市區，不懂海，也只是聽丈夫形容。那時候的丈夫，還只是一個跟人合股的小夥子。漁人常有合股合資的糾紛，聽說還曾有因為合股人意外往生，那艘合股的船便直接被廢棄了。這是海上的忌諱。

不去花蓮抓魚時，也會去南方澳抓青花，冬天北方較寒冷時，就南下

1. 煙仔虎：東方齒鰆。

到高雄抓烏魚；沒追著魚群的季節，就在龜山放定置網。早年水針、青旗都是常見的魚種，夏日最盛，尤其是彭佳嶼的青旗。彭佳嶼還有個說法，曾有漁民放羊到島上，不過幾年野生的羊就氾濫成災，漁民偶而不抓魚的時候，就抓羊。

阿歲當然不懂那麼多，這時就是年輕小夥展現自己的好機會，總是漫天無際地跟阿歲說著關於海上的一切。

就這樣，相識的兩人結為連理，走在了一起，阿歲也終於踏上了丈夫所說的，依山傍海的厝。

來到馬崗的阿歲還是沒有機會到海上，不過她聽人家說，「船頂的查某人有福氣」。那是一個跟她差不多年齡的女人，與阿歲不同的是，女人是五個半月大的時候分養過來馬崗的；比起阿歲來說，待在海邊的日子多了二十多年。

二十年的光陰能做甚麼？

阿歲就用二十年，從一個少女，變成婦女，然後做了馬崗唯一一個「惜花」人。

這得先從阿歲的性格說起。阿歲好學，日本時代結束後，就改學漢文。每日黃昏，準時到村口的小廟等著先生捧書走進來，從頭學起不同的語言和文字。不讀書時，就跟大人做些小生意和買賣，舉凡化妝品、水果、蔬菜……她都叫賣過。

這叫賣的本領來到了馬崗後，有了另一項出路。村裡的婦女幾乎都是做海的人，遇到海象差時就只能待在家中無事可做。阿歲便想起了在花蓮學習的那套本領，去貢仔寮跟工廠批了膨紗衫[2]來發包給村裡的婦女。

一開始當然不知道有哪家需要，便騎著腳踏車沿街沿戶問，然後拿著廠商的樣本，逐一教著也想賺取這份外快的婦女們。

從膨紗衫、繡花、穿珠、塑膠花，甚至還有穿梳子的鐵釘……通通都是外銷的物品。發包出去的件數，隔幾天就要清點、收回來，然後進行檢查，錯了還得拆開重做，再回頭跟人解釋哪裡做錯了。

2. 膨紗衫：phòng-se-sann，毛線衣。

這樣一來一回，一朵朵做錯的塑膠花在她手裡，組成了該有的模樣。也如同，她在馬崗拼湊著自己的花樣年華。

那天，阿歲騎著腳踏車遇到一個從石城嫁過來，跟自己同年的婦女，「共年的——」她喊那人停下。

那人也喊她，「共年的。」

「頂擺的花你閣做毋著矣。」

「佗位毋著?我講彼個花嘛無偌濟錢，一打才五塊，閣愛十二枝才有，亦不如我去做九孔事。」

多數的人都跟這個「共年」的回應類似，下一回天氣好時，待在家的婦女又往海邊跑了。馬崗靠海，也倚著半邊的山。不做海的人家，就能靠著幾塊田，種些花生或稻米來維生。對於待在家做手工，只是沒有出路的出路。

只有阿歲，沒有田地，下不了海，仍在岸上，重新尋找著自己能做，能賺錢，能養家的工作。

後來，阿歲又陸陸續續做過便當店，因為釣客需要，賣起了檳榔。為

此，阿歲也嚐過檳榔，包紅花不好，就改包白花。檳榔從金山換到了南投，又繞了臺灣幾乎半圈，才終於找到釣客喜歡的口味。又過了幾年，釣客少了，遊客多了，阿歲把便當店改成了柑仔店，賣起冷飲。

時間還在前進，已經八十好幾的阿歲，也還如同青春少女時坐在學堂的自己，調整著最適合馬崗的步伐和模樣。一路回頭看去，她才發現自己即使不站在馬崗的海邊，也能與那些婦女一樣，享受著馬崗的海風。

做一個惜花，惜歲月，惜自己的馬崗女人。

馬崗的新娘

「隔壁娶某，來來來，來去鬥腳手喔。」阿枝叫醒還在熟睡的女兒們，只見孩子睡眼惺忪沒甚麼興致，她索性說，「有點心食喔！」

孩子果然抵擋不了點心的誘惑，話音剛落，孩子們已經從床上爬起，嚷嚷問著是哪家要娶新娘？

阿枝帶著七歲和五歲的女兒穿梭在林投樹的暗巷裡，偶而就跟女兒們說說自己結婚過來的事。

阿枝算是好命的，原本是石城人，媒妁之言，嫁過來的時候坐的是鐵牛車。人人都說她命好，可她總羨慕與她同期嫁過來的友人。

友人坐的是一般的兩人竹轎，新娘服聽說是她自己去雙溪訂做的旗袍。她還不讓人知道是做新娘服的，只是含蓄地選好自己喜歡的布估價，等到可以捝物件[1]的時候才又再去拿回來。這一路可還有一段距離。友人是萊萊人，從萊萊走到石城就要一個半小時，再轉搭火車到雙溪……

但讓阿枝羨慕的不是這些，而是自由戀愛。

友人的丈夫是去萊萊釣魚時認識友人的，縱然如此，友人坐在轎子上還是一路哭著過來的。

結婚的新娘，誰不是一路哭的呢？

以前的不說，阿枝算著，從她嫁過來之後，這已經不知道是第幾個嫁來馬崗的新娘了。

馬崗地小，但就這附近的庄頭來說，也算是人多的地方了。在民國五十年代以前，附近的人家幾乎都是說媒，說的也都是認識的人。累積下來，馬崗幾乎不是遠親就是近鄰。因此只要有人家裡嫁娶，各家都會派出人手去幫忙搓湯圓。

搓湯圓是結婚辦桌裡最需要人手，但卻又不特別費力的事，所以總會交給家裡的小孩去做。

阿枝帶著兩個女兒，當然也是去幫忙的。

1. 抸物件：òe-mih-kiā^{n}，拿東西。

糯米已經前一晚碾好壓實，阿枝廚藝不佳，通常不會負責食材的料理，只做人家的小工[2]。附近的鄰居幾乎都是小工，總鋪師是阿嬌；聽人家說她是民國二十年前的新娘。阿枝算著，阿嬌可比自己早當新娘三十年啊。

友人也來幫忙了。

阿嬌果然是嫁來馬崗數十年的新娘，廚藝非常好，多數的「新娘們」都只能做她的小工，幫忙做一些洗菜切肉的雜事。

阿枝看著女兒們，孩子很快又玩成了一片。

「會使偷食嗎？」

「袂使啦，攏無煮欲按怎食啊。」

阿枝聽見其中一個聲音是自己女兒的，又探頭出去看了一下。

聽說今天的新娘很早就到了，坐的是黑頭車，前面結著紅綵；還有一斤重的豬肉、芋頭、甘蔗、蓮蕉、竹子，綁在新娘車上，一路熱鬧而來。

新娘下車時，家裡或叔伯的小孩托著放有兩粒蘋果的盤，新娘用紅包換取

2. 小工：sió-kang，廚房助手。

了盤上蘋果的吉利。

中午開桌，廚房得加快腳步；可即使再忙，婦女們嘴裡討彩頭的話還是不能少。大家都曾是馬崗的新娘，阿嬌是裡頭最年長的「新娘」，就在擺完冷盤時，有人請走了「大廚」。

「阿嬌姆仔，你會使來新娘房講一个好話嗎？」

「歹勢啦。」

聽說能被請到新娘房去說好話的，都是有福氣的女人，除了本身要過得好命之外，還得兒女雙全。

阿嬌姆仔就在三催四請中，放下了廚房的工作。

阿枝被叫出去搬回外頭孩子們搓好的湯圓。滾水下鍋，紅白的湯圓沉入滾水後又湧出，圓球間彼此碰撞，不斷沸騰，看起來很喜氣。拿著大杓撥動湯圓，她不禁想著，自己當年結婚的模樣。而如今，她這個「新娘」已經人老珠黃，是否還有著當年的喜氣洋洋？歲月磋跎，讓人不敢回想。

不管如何，在那個還沒有總鋪師的年代裡，阿嬌姆仔帶著馬崗的「新娘們」，一家一家地迎接更多來到馬崗的新娘。直到孩子嘴裡的唸謠——腹肚枵[3]揣[4]老嬌，腹肚痛揣躼[5]成[6]——至今仍讓人琅琅上口。

湯圓浮起，又一次準備上桌了。

3. 枵：iau，餓。

4. 揣：tshuē，找。

5. 躼：lô，高。

6. 成：siânn，人名，老嬌之夫。

痟的蹐倒

聽聞，皮蛇繞身一圈就會沒命。

痟姆仔身上的皮蛇，已經長了好一段時日了。她也不是不在意，而是日復一日的生活壓輾而來，讓她暫且遺忘腹部上爬行的蛇紋。

痟姆仔不是瘋子，那稱呼來自於她一個要好的鄰居。同樣的，她也叫那位鄰居「痟的」；彼此都知道對方的名，但叫「痟的」才有討海人快活的模樣。尤其在礁石上，隔著水流，喊那一聲「痟的」，真是響徹雲霄。至於名加上姆仔，都是給鄰里晚輩叫的。這裡的人，習慣稱呼長一輩的女性「姆仔」。痟姆仔也是。

回來說到她身上的皮蛇吧。皮蛇剛長起時，她以為只是起疹子，用著兒子拿回來的藥膏塗了幾天不見效，才發現事態嚴重。兒子女兒都在外鄉打拚，她不想叨擾。村裡雇車不便，加上她掛念著才剛曝曬一日的石花，黑紫的外衣還未完全褪色乾淨，如果這一收，浪費了一天的好日光，豈不可惜？

於是，就這樣一天拖過一天。眼看著起疹子的地方越來越大片，才不得不叫兒子回來載她去診所一趟。

「皮蛇喔。」醫師很鎮定地說。

痟姆仔想起老長輩曾說的話，終於感覺大難臨頭。

那道在皮膚上緩行前進的蛇紋，比一波灌頂的浪還要折磨人。

說甚麼也不能讓皮蛇繞成一圈。痟姆仔拿了藥後，如此告訴自己。數日來，她確實按照醫囑吃藥、塗抹、回診……皮膚上的蛇紋獲得很大的改善。總算是趕在繞成圈時截斷了它索命的途徑。可痟姆仔沒料想到，從腹部上消失的蛇紋，其實已經侵入神經，從此伴著她。

一日如常的工作裡，隱藏在身體裡的蛇紋蠢動。痟姆仔才剛爬上礁石，掬著剛從海水裡撈出的石花，突然一陣刺痛從蛇紋脫落的疤痕上襲來。疼痛來得劇烈，像是一條冬眠而醒的蛇，鑽進緊密的土質裡翻了身，膨大的身彷彿要擠破她的軀。

努力將自己撐在石礁上時，已經頭昏眼花。痟姆仔索性不頑強爬起，讓自己安穩地坐在石礁上，伴著腳邊還殘留著海水光澤的石花。

不再年輕了，她知道在恢復行走體力前，不能貿然前進。但一直待在海邊也不是辦法。她想起日前鄰里們開著的玩笑。那是一個跟自己差不多歲數的人。她們最大的共同點，就是被成了年，離了家的子女們，耳提面命不准再下海工作的年紀。但是她們生來就是做命人，不做會全身不舒服，哪有那種閒下來的心情呢？

聊著的時候，某人成為眾人指標。

「伊攏好膽去海墘仔，我是按怎毋敢去？」這是眾人的起頭。

「伊心臟有裝巴㸤利耶[1]，真誠好膽，按呢也敢去海墘仔喔？」

「巴㸤利若是落去矣，是欲按怎？」

「伊攏去海墘仔，我當然嘛要去。」這是眾人的結論。

話說完，大家又各自在偌大的海邊，各占一座礁。

痟姆仔還記得那人胸口突起的皮膚，摸起來還真有塊像長了豆干的硬塊。那心口安裝著心律調節器的軀，不也還是在海裡載浮載沉，用著執拗

1. 巴㸤利：電池。

的眼透著蛙鏡上的湛藍，尋覓著一叢叢長在礁石縫裡的石花。

前一刻痟姆仔也還是如此的。轉眼間，卻只能坐在石上任憑身體裡灼熱燃燒的蛇掌控自己，莫可奈何。但她也不是個容易放棄的人，如那句結論：伊攏去海墘仔，我當然嘛要去。坐在石上後，痟姆仔注意到鄰近外海的浪邊，正站立著兩名釣客。

那是希望！

她舉高手，吆喝著，努力將聲音壓過浪的拍打，遞到釣客的耳裡。她十分確定釣客看見了自己，猶疑的目光落在痟姆仔坐著的石上，可目光停留片刻便離開，若無其事地收攬著手中的釣線。

不得不說，當下痟姆仔的心裡真有一把火在燒。想不透那兩名釣客為何無視自己，求助的聲音隨著烈日高照而變得微弱。體內的蛇似乎越來越龐大，就快要衝破她的軀。斗大的汗流下，滴到石上時被烈日蒸發而散。明明是悄然無聲，卻有個瞬間，她彷彿聽見那人心臟裡依賴的電池聲……答答答地流過。跟鐘擺的聲音也很像。痟姆仔試過幾回想自己爬起來，可疼痛未散。

她終於被人發現，是村裡還算年輕的一輩。

年輕人推著零鉤車[2]，上頭是滿載的石花，看來也是剛採完沒多久的。年輕人朝她喊聲「姆仔」，快步而來。

「我腰傷過痛，蹈袂起來……無無無，我無跋倒，就是傷痛，徛袂在。」面對年輕人的詢問，痟姆仔頻頻解釋，強調自己不是跌倒。

年輕人拍拍零鉤車上堆滿的石花，要她直接坐上去。

「姆仔，你坐起來……毋通啦，姆仔，天攏晚矣，我遮的石花收完，著來揣妳。你坐佇石花頂頭。我捒[3]你來轉。」

痟姆仔不好意思，推拒好幾回；但年輕人力氣大，腋下將她一撐，就撐上了零鉤車。

「坐好喔。」還如此叮嚀著她。

痟姆仔好希望這一路上都不會遇到人，但老天偏偏讓她遇到了總叫她「痟仔」的那個「痟仔」。

2. 零鉤車：獨輪車。
3. 捒：sak，推。

痟仔朝著她喊，「痟仔啊，跋倒喔？」

「毋是啦，我是腰痛，毋是跋倒。」

「喔，痟仔跲倒喔，痟仔跲倒喔。」「痟仔」根本不聽她解釋，漫天嚷嚷著她跌倒。

其實在海邊跌倒也是常態，但唯獨那一回，痟姆仔不想讓人覺得她是跌倒。可經過「痟仔」如廣播式宣傳後，村裡傳遍她跌倒，還被人用零夠車推回家的事情。事件傳得有模有樣。好久以後，痟姆仔再提起這件事時；跌倒，成為唯一的真相。

幾年來，身上又陸陸續續出現大大小小的傷，新傷舊傷都不足為奇；但沒有一個傷，讓她如此記憶猶新。至今，痛起來時，還會想起當年那個喊她「痟仔」的「痟仔」。

不再有體力拔石花後，兩人在海邊相遇的機會少了，再幾年，一個走在了前頭，一個垂垂老矣。也就不再有機會聽見，海邊那一聲聲喊著彼此「痟仔」的呼喚了。

奶婆

奶水又不夠了。

尚在襁褓的兒子嚎哭不止，哭聲吵得來弟手忙腳亂。

她得一手托著兒子，一手攪動鍋裡的米糊。

米是她前一晚先泡好的，算準約莫早上九點兒子醒來的時段才輾磨；可沒算到的是，兒子竟然提前醒了。碗裡的米水才磨半成，水都還沒燒開，嬰兒的啼哭比灶頭上的鍋還要滾燙沸騰。暫且放下手中的工作，用來輾磨米水的木杵卻在來弟一閃神時，滾進鐵鍋裡，泡在燒了一半的水上載浮載沉。

哭聲夾雜著咳嗽聲，還隱約聽得見孩子的喉嚨裡已經蓄滿因為哭泣而倒流的鼻水。終於抱起兒子，粉嫩的臉龐上流滿淚水和鼻水，脖子發熱又紅腫。

想必是用盡吃奶的力氣哭的。來弟想著。

確實是「吃奶」的力氣啊。

挫敗油然而生。來弟撫摸自己垂軟的乳房，很難擠出新的乳汁來。

隔壁也是剛嫁過來的新媳，但聽說她乳汁充足，不僅能供應自己的孩子，甚至妯娌的一雙兒女也都被她餵得白胖胖的。來弟沒有多餘的精神去羨慕，既然奶水不夠，那就用糙米粉或米糊代替，有多餘的奶水，再貼一點。她相信，自己也能把孩子養大的。

兒子從她貧脊的乳房裡吸出一點乳汁，減緩了惡夢醒來時的飢餓感，一臉滿足吸著自己的手指。

不過來弟知道這點乳汁是撐不到中午的。

現在是十點，正是退潮的時候。

年後石花菜開始生長，邊餵乳邊等著退潮的日子也大概過了三個多月。從一開始凌晨四點多才退三分水，現在得等到十點水才會退得好一些。水進五分就得回來。來弟能拔石花的時間並不多，如果兒子多吵鬧個半小時，早醒個半小時，那她這一天就幾乎沒有工作的進度了。加上這個月過去，進入夏至後差不多就拔不到石花了。

來弟看著戶外聚集的烏雲，眉頭緊皺。

還有另一件事讓來弟憂心——前幾日從海邊撿回來的海柴濕氣太重，根本生不起火來。來弟有些氣餒，這堆海柴可是她手腳快，趁著風颱前腳剛走，她後腳便到了。那時天還迷濛未亮，她一人揹著兒子將擱淺在岸邊的先拉作堆，擔心兒子的哭鬧聲引來注意，還將兒子綁在胸前，用幾乎沒有乳汁的乳房，填塞著兒子的嘴。

眼看著爐灶下點燃的那堆柴燒完就沒有可用的生柴了，這下別說沒時間催奶餵奶，連要煮碗米水的火都沒有。來弟看了一眼戶外的雲，又瞥見橫豎交疊在屋角的海柴，決定今天不去海邊拔石花，先把剩下沒劈過的海柴整理一下，再烘一些至少能頂用幾天的柴火吧。

把兒子放回嬰兒車後，來弟重新整理凌亂的灶，把磨米的木杵從大鍋裡撿起。果然柴火已經不夠了，鍋裡原本要沸騰的水，現在都涼透了。

才正要劈新柴時，鄰居帶著才滿周歲的孩子出門。

孩子的頭毛不多，看起來像男生。

「來弟啊，妳欲去海墘仔無？水咧退矣。」

來弟才剛要揮動手裡的斧頭回應，鄰居又說，「妳著毋知影喔，我彼個叔伯的媳婦根本著共伊的囝仔擲互我飼，昨暗也是，我看稍等去海墘仔拄著的時陣也是。」鄰居不斷抱怨妯娌把孩子寄養在她那，可來弟怎麼聽都覺得鄰居是在誇耀自己的奶水多。

鄰居不只做過一次的「奶婆」。

聽說她生第一胎女兒時奶水就很多，那時候來弟剛懷孕，鄰居還叫她不用客氣，如果生下來奶水不多，可以把小孩送到她家去，反正都要餵，就一起喝。

總歸說喝人奶還是比米糊米水便宜的。

那次話才說完沒多久，鄰居又懷了第二胎。

其實海邊的人家也有一種默契。家裡若無人，海邊的女人會把幼子帶在身邊，幼子在礁上玩耍，她們在水中潛藏，有誰上岸，就幫忙看顧孩子。而自從鄰居生產後，奶水豐沛，她就常在海邊看見眾多幼子圍繞著鄰居的景象。

奶水不多倒也不是甚麼丟人的事，但她不想讓人以為自己養不好孩子。這回，她又叫來弟等她拔完石花菜回來時，把兒子帶去她家了。

來弟應聲好，繼續低頭劈斷生柴。她得趕著灶裡所剩不多的餘溫，先烘幾根柴來用。一般來說，柴火是生活必備，是不可能等到用罄才準備的；但兒子三天兩頭就不夠奶水喝，忙得她昏頭轉向。

趁著兒子還未醒時，來弟先在灶上面放兩支生柴，綁上繩子。用火燒上來的煙，慢慢把柴烘乾。

得趕快做。

進入夏天後難免有風颱，雨水一進來後就會連綿不止，直到整個冬天。如今是六月，接下來七八月是頭毛菜，十月開始是紫菜⋯⋯如此循環，趁豔陽高照整理柴火的日子算算也不太多。一般人家都是冬季整理柴火，可上個冬季她身懷六甲，除了上個月去海邊跟人家在浪頭上搶來的幾根漂流木外，家裡能用的生柴實在不多。尤其到了寒露前後，紫菜大發時，氣候降低，整天都是陰雨。那才真的惱人，甚麼事也做不了。

別說烘柴了，連要曬的紫菜都得看風水放。

她記得，去年捧著大腹便便，還爬上灶頭去把吊籃上被滴濕的紫菜揑掉，看著連曬數日，即將能乾燥封存的紫菜，就這麼被屋簷滲進的雨水滴濕發霉。心還真的痛啊。來弟換了幾處「風水」重新晾曬紫菜；可這裡就是這樣，一到冬天，空氣都是濕的，屋內的牆更是沒一片乾燥。

發霉就得捏掉；捏得越多，紫菜覆蓋得越少，吊籃的面就露得越多。終於等到放晴時，那年採的紫菜已經捏得差不多光了。

今年有孩子了，來弟不想再讓自己如此手忙腳亂。

看顧柴火時，鄰居的妯娌抱著不知道是自己的孩子還是鄰居的孩子跑了出去，來弟從自家的門縫覷了眼，猜想，大概要把孩子抱去給鄰居餵吧。

總算烘好一捆柴後，來弟在灶上重新點燃大火，想將上午沒煮成的米水重新加熱。才剛生好火，睡在搖籃裡的兒子就開始不安穩了。果然那點奶水是不夠喝的。但眼下要煮好米水還要一段時間，她實在不忍心聽到兒子因為飢餓而號哭的聲音。

要把孩子抱去給鄰居餵嗎？念頭一度浮現。

來弟持續攪拌著大鍋裡的米，身軀沒有任何的移動。

兒子的哭聲越來越大。

來弟攪拌米水的速度快了些許，但還是沒有離開灶半步。

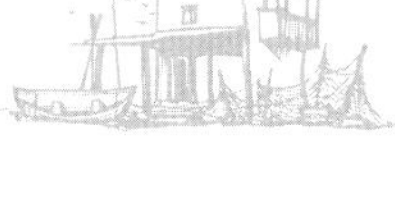

哭聲彷彿被她拌進米水裡，越滾越大。

來弟聽見柴火劈啪裂開的聲響，蹲身查看時，看見門口逐漸靠近一道身影。她轉過身，想要出聲制止，可那人已經掏出自己的乳房……

夜光魚栽

破曉前，夜暮由黑轉灰，灰中又帶著稀微的亮光。不明顯。餘光與即將隱沒的星辰同行，直到第一道曙光從遠處的海平面上露出，所剩無幾的星被一大片的亮白吞沒。至此天就正式大亮了。

在這之前，林阿姐早就起床。

下床的第一件事就是整理等會上學要用的書包和便當盒，叫醒弟妹；當然不一定每一個弟妹都會醒來。她是家裡頭最大的孩子，弟妹和鄰居間小一點的孩子都這麼稱呼她——林阿姐。

濱海公路開拓以前，阿姐就生活在隱藏於山腳下的小漁村。

仰頭可見不知被風化多久的番仔面山岩，低頭就是海浪。聽過去的人說，這裡曾是西班牙人最早上岸之處，音譯為三貂角。山巔上建有一座燈塔，夜幕越黑，巡邏在海面上的光束就越亮。

日子大概落於清明到端午間，海邊會聚集虱目魚魚栽，那就是馬崗孩子們平日累積零用錢的來源之一。

阿姐也不例外。

弟妹叫不醒，她索性放棄了。整理好書包，出門，天還朦朧起著霧氣。光束穿透在霧氣中，不甚明顯。她依稀聽見海邊的方向傳來其他孩子的聲音，有一般的談笑，也有驚呼。這促使阿姐忍不住加快了往海邊走去的腳步。

手裡拿著簡易的碗和湯匙，便是她「賺錢」的工具。

價格好的時候，魚栽可以賣到兩、三塊錢。每次放學回來，從母親手裡接過早上交易的錢時，第一件事就是換糖果吃。糖果的甜，總能將生活的歡笑和辛苦化成一鍋糖漿，濃稠而透亮。

有一種魚栽很特別，體型像秋刀魚，總在水面上露出兩粒亮亮的眼睛，尾巴掃在水面下，反射著白色的光。

這回，她看著碗裡的魚眼睛反照著好幾個自己。

「哇，阿姐妳抓到好多喔。」隔壁鄰居的小妹常搶在她前頭，在天還未亮時就蹲在靠著浪尾的斜坡石上，眼睛直盯著水面下的魚栽。手腳比眼睛的反應還慢，常常漏撈魚栽，還是堅持蹲在同一處不肯離去。

偶而天明時，阿姐也看過有人拿竹網，雙腳浸泡在沿岸低緩的水流裡，反覆鏟撈魚栽。但那時候她必須趕著上學，把早上兩個小時撈到的魚栽交給母親，匆匆出門。到學校還有一段路要走，沒有多餘的時間讓她回頭去想。

還有一種魚栽也很特別：鰻魚栽。

抓鰻魚栽必須在半夜，且是冬季。夜裡，鰻魚會和沙滾成一團，在手電筒的照射下，白色的身體不斷蠕動，像蛇一樣。鰻魚栽價格好，一尾可以賣到十塊錢。但是鰻魚栽要在砂質的地方比較多，馬崗礁岩多，很難看見鰻魚栽。阿姐當然很少有機會抓到鰻魚栽，偶而聽人家在說，福隆的地方可以抓到不少。一樣用桶子裝，等待隔天販子來收。

抓魚栽維持了好多年，那些被盛在碗中的魚栽的瞳孔裡，也彷彿存放了無數人童年的記憶。

後來魚栽價格跌落，一尾只剩幾角。

「五尾。三尾。七尾。」看著販子手持一個像蒲仔的瓢子，白白的底部浮著剛從碗裡舀起的魚栽，沒有遲疑，口齒清晰地報數。報數的速度太快，阿姐很懷疑販子數的數對還是不對。販子感覺到孩子們的目光，只是短暫瞄了一眼，又繼續報數。

不再凌晨去海邊撈魚栽時，濱海公路已經拓寬。

鄰居小妹帶她去看他們家新蓋好的魚池，是專門養黑毛栽的。黑毛栽得出海才捕得到，抓回來後養大些再賣，聽說價格不錯。眼前這池黑毛栽也早就被人預訂了。

阿姐家沒有人出海，所以她沒看過黑毛栽。母親和阿嬤都是外地嫁來的，比較靠近海的工作就是偶而去人家的九孔養殖場裡做零工。這麼說起來，阿姐反倒是家裡頭最靠近海的女人。

本以為會厭倦海的生活，卻沒想到成年後，靠海，成為她一生的嚮往。那記憶裡在碗中優游閃亮的小瞳孔，也似乎還在夜光下持續閃耀著。

歹空

颱風總從這個地方上岸。

從尖山仔腳延伸而下，名為沙角窟口，正對東北角的極東點就是沙角尾。這裡就是讓人聞風喪膽的歹空。

美珠常聽人說起，曾有幾艘郵輪來不及靠岸就擱淺，破在港口外。嚴重一點的，直接在浪湧下破成數塊；運氣好點的，撞上暗礁，人被救了下來。

馬崗外海的暗礁多，藏於海底，從老一輩的口中聽見的傳聞已經讓人不敢數。美珠從小就跟在阿母身後認識海，自己遇過幾回擱淺的船，並非她親眼所見，而是潛入海底時，那些被浪匯聚在石礁底部的舶來品，總讓她打起冷顫。

美珠清楚哪些地方不太乾淨，會盡量避開。

但那一回，她避不開。就像有股無形的力量，將她往海底拽，就像是船上被打散丟棄的舶來品一樣，沒入浪的漩渦裡。

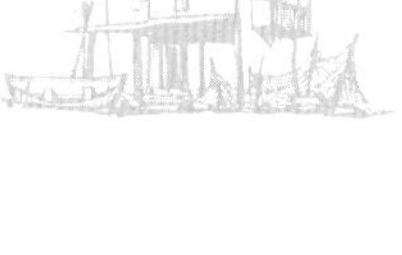

那是一個拔石花的日常。

美珠跟阿母分別佔據不同的石礁，阿母速度很快，在她剛準備好潛下水時，阿母已經半個頭都潛在水裡，腰上綁著的塑膠網袋裡裝了一撮黑紫色的石花。

好快喔。美珠不由得佩服阿母。

她好勝心強，即使是自己的阿母也不想輸。

美珠坐在一塊平坦的礁石上，下頭的浪規律滾動，看不出石花長成的模樣。但她猜想，清澈的海水底部，隱隱漂浮的影子應該就是石花。

拔石花通常得潛入水底，不用太深，但若能往下潛一些當然更好。大概要三公尺以上。石礁底部的石花長得茂密柔軟，煮起來的膠質多，是良品。

美珠潛入水底，朝著剛剛坐在礁石上時所盤算的方向游去。

甫下水，網袋被猛然湧上的浪扯離她的腰際。她心一慌，趕緊拉回。但就在美珠分神時，浪回身打了過來，直接朝她的頭頂敲下。第一次遇過如此頑強的浪，美珠放棄繼續待在水中的念頭。

她想立刻上岸，但游不出浪所製造的漩渦。浪的力量不肯罷休，將她擠進礁石的下方。礁石底部銳利，她低頭閃過，但浪又再一次推擠著她；像是炒菜那樣，從底部將她翻了起來，往礁石外拉。美珠正慶幸以為自己要躲過礁石時，又被下一波趕來的浪給推了回去。這回，她沒閃過那些銳利的石頭，迎頭撞了上去。

天旋地轉時，吃進了幾口水。

游出去！心底的欲望叫醒了美珠。

美珠再一次用雙手推開浪，划了出去，想藉由浪波讓自己前進。

可浪絲毫不給她機會，反覆將她翻滾著。美珠感覺到自己被捲進更深的底部，光源也逐漸消失……就在身體越來越無力輕盈時，迷濛中看見了同樣被浪翻滾著的舶來品。

舶來品與她一同，在浪的掌心裡被玩弄。

看見那些破損的舶來品，美珠心涼了。

她不想與舶來品一樣永遠被困在礁石的底部，寒冷又黑暗。

意志力促使著她再一次反抗……

回神時，美珠發現自己已經坐在剛剛那塊平坦的礁石上喘著氣。她不

敢去想，礁石的底部還有多少浪流和舶來品，甚至還有自己？阿母走回她身邊的時候已經滿載而歸，不明就裡看著她蒼白的臉色，問她石花菜怎麼拔那麼少？

美珠驚魂未定，不敢回想，更不敢說。可往後的四十年裡，那道寒冷的浪總會猝不及防地鑽進她的夢裡。

（原文刊登於〈中華副刊〉，二〇二一年八月七日。）

鬼仔山

惠琴最不想去的就是那個地方——鬼仔山。

但她不得不去。

半年前的風颱帶來了不少山上的斷木，那一陣子總有人爭先恐後到海坪上搬回濕漉漉的漂流木。惠琴也跟去了。那些沿著海波被打進來的海柴，烘乾了就可以用來生火燒柴，撿漂流木的時間，取代了原本要上山砍柴的時間。

要說有沒有比較省力？惠琴考慮的倒不是這個問題，她是寧可到海邊跟人爭奪漂流木，也不太願意上山砍柴的。

惠琴家是村裡離港口最近的，但撿漂流木卻不見得搶得贏人。她總是把撿成堆的木頭疊成小山，拿塊看得順眼的石頭放在上面，當作記號。但憑良心。若有人真不認帳，她也已經做好了要與人輸贏的打算。

可如今，那場風颱漂來的木頭已經被撿得差不多了。

惠琴仰頭看著尖山腳，視線沿著尖山的頭頂往上拉成對角線……鬼仔

山的呼聲就會莫名地在耳邊徘徊。

阿母交代她寒假結束以前，要將門口疊滿生柴，做為整年的日常生火備用。

惠琴只有不到一個月的時間。

與她同齡的小孩也被分配了同樣的任務，早在廣場聚集。惠琴不想去，可手裡握著阿母交給她的柴刀。她別無選擇。

一開始，惠琴跟同齡友人們只在半山腰砍柴就夠用了。可樹生長的速度比不過柴刀的起落，不知不覺，半山腰的樹越來越稀疏。也不知是不是海風的緣故，面著海而長的樹都不高，良莠不齊。砍過幾回後，有人提議要到更裡頭的山去砍樹。

「哪裡？」

「鬼仔山嗎？」

惠琴聽到關鍵的字眼，心底警鈴大響。

友人們說走就走。

山上的路都是人走出來的。踩著略顯光禿的紅土，一行人就像快掉了鏈的輪軸，一個接著一個。惠琴最怕自己是被遺失的那一個，總會加快步伐，追上上一個人的腳步。夾在樹叢中不算是路的小路蜿蜒難行，Z字型的行走空間藏匿在樹蔭裡，更是難以辨認。

孩子總有孩子的辨法，尤其是生活在綿延高山下的孩子。俗稱番仔面的石像就在左側同行，每探出一個Z字型的路時，就會看見它依然佇立著，面容朝海，看著眼前的一浪一潮。而這都只是它的十年、百年，甚至更久遠的某個春秋的瞬間。

突然的閃光乍現，讓惠琴毛骨悚然。

更靠近目的地時，閃光劇烈交疊。光是從陽光而來，短暫停留在四周的葉面上，反射進隱隱的層巒疊嶂裡，從遠而近，最後停留在人臉上。人臉就像是拼圖那樣，在錯落的光影裡被重新排列。

惠琴感覺整個人都被困在了閃爍裡。但她一點也不覺得溫暖，反而是寒氣逼人，從腳底板一路爬升到天庭蓋。

陰森的寒冷直跟在一行人的後頭，尾隨不放。

越靠墓地，閃光就越多。

惠琴不想再往前走了，她對準幾棵還堪用的樹，伸出柴刀胡亂就砍。

亂無章法。樹當然不是三兩下就能砍斷的，這時候，惠琴就會更焦慮不安，劈在樹幹上的刀劃出不平整又凌亂的刀痕。但她不在意，也根本就沒有人教過她「正確」的砍柴方法。只要想辦法把樹弄倒，砍出一節柴就好，管它樹倒成甚麼模樣。

砍完後，惠琴用月桃葉把「戰果」捆在一起，拖到小徑的頂端，找了片樹已經禿了的緩坡，一鼓作氣將整綑的柴推了下去。淺波的階梯不明顯，除了幾道剛剛他們走過的腳印外，沒甚麼稜角。生柴就這樣搭上了快速列車，一路向下滑。

惠琴跟友人們追在後頭。

「你有聽說嗎？有人說有通緝犯就藏在這裡喔。」有人邊追邊說。

「真的嗎？」

「那是騙人的啦，小孩子喔你們，那麼好騙。」

友人們追在前頭一言一語說得很起勁，只有在最後的惠琴發出低低的啜泣聲，嘴裡喊著，「不要再說了啦，快走啦。」

「誰叫妳要走最後。」

惠琴用哭聲回應了那個人。

眼淚乾了後，差不多也下了山。可這樣的上山之路，每天都會重複，有時一天當中甚至還來兩回；上午一回，下午一回，連續好幾天，直到整個寒假都泡了進去……

總算度過寒假的時節，白露過後又得再上山。

這次上山是為了拔仙草。

又是那些帶著光影的葉片圍繞著他們，彷彿迎接著他們的再度光臨。

拔仙草跟砍柴一樣，都要各憑本事。結伴上山的友人，在此時都化身成競爭者。誰眼明手快，就能獲得更好的戰果。惠琴是怕上山，也怕那些總是伴隨著陽光在墓旁一閃一爍的光影，更怕身後突然出現的黑影；但驕傲的她向來都是不落人後的，也從不願認輸。柴要砍最多，仙草也要拔最多。

可那回，惠琴輸了，輸給了一副空棺材。

就在她正因為發現了更多的仙草而喜孜孜時，同伴也發現了。她慢了半步，就這麼毫無預警地被擠出仙草的戰區。未料，腳一離戰區，就跌進了一個深坑裡。

跌倒是常態，跌進坑也沒甚麼；但當惠琴頭一仰時，視線對準的是四面腐朽的棺木，被時間刷落的土塊凝結在木板上，如她的心跳。再次感覺

到心跳的驟然跳動時，她摸到屁股下壓著的物品，是一個沾著泥的鋼杯……

散落在棺材裡的物品很快就連結起她的認知——這是軍人的墓。

但不管是誰的墓，惠琴僅確定這曾是有主人的墓，就夠了。

而此時此刻的她，正躺著。

怎麼下山的？惠琴再也不敢拼湊那段記憶。或許又跟前幾回走在最後頭一樣，一路哭著下山吧。

四十多年後，父親的墓也座落於鬼仔山附近。

曾經讓她恐懼的光影已經不見蹤跡，她從未有機會向人證實那是甚麼樹，甚麼葉，甚麼影，甚麼聲？

父親入金後，她又在半山腰處，聽見呼呼的哭嚎聲。

是來自於遠處的風，還是從記憶裡的棺木洩出的？她不敢求證。

可聲音一直都在，

在心底。

（原文刊登於《文創達人誌》第86期）

火車伴身

「我想欲讀書，媽。」

「你互我拜託咁好？莫閣再讀矣，去賺錢好無？」

阿月知道抗議無效，一回回的拒絕，只換來阿母更多的哀求。不得不，她只得起身，下床，梳洗，準備跟阿母再次踏上那條黑暗的路。

凌晨的海風穿過林投，裝備上林投的尖刺，在夜行人的身後如影隨形。

馬崗海邊也有海膽，但阿母總會帶阿月到更遠的地方去鈎海膽。從黎明到海水漲潮為止，能與天搶食多少，就能賺取多少家計。

阿月埋怨過，也想跟妹妹們一樣窩在被子裡，不被打擾。可阿母需要她，妹妹們需要她。她還未能明白「能幹」的說法放在自己身上是福是禍時，已經再次被阿母拉進黑夜裡，踏著海風聲前行。

深澳岬角是她們的目的地。

出家門後，阿月跟阿母沿著淺坡往上走。藏匿於石頭牆後的微光閃動，

那是早起人家灶頭上點燃的火星。人聲細微。從海上傳來的風聲還比人聲大些。

她們跟約好的友人會合。阿母與友人寒暄，阿月則和隨行的同齡女孩點頭。還很想睡，她提不起勁跟阿母一樣發出宏亮的聲音，再說，坐落在田間與淺坡的人家，還有許多熟睡著呢。

基隆客運駛在公路上；左側是高山，右側是大海。海的模樣不清晰，還沉睡在將醒未醒的黎明裡，但阿月知道，這一路到福隆為止，幾乎都能看見海。在福隆下客運後，轉搭火車到八斗子，下車後還得往回走一段路。

終於到深澳時剛好天明。

阿月很少注意到天色的變化，只知道，該上工了。

一天又開始了。

深澳的海膽肥大，窩在被海水自然侵蝕的礁石坑裡，水一退，坑坑疤疤的洞就能浮現。趁著視野明亮時，她跟阿母快手快腳，鉤出坑裡的海膽，直到腰際上的簍子滿了一回又一回。

阿月跟阿母總會各自帶著不同的心思。她一直期待漲潮。只要漲潮，鈎海膽的工作就可以結束了。

好幾回，海浪就像聽見她的祈禱一樣，漲潮的時間總是掐得恰到好處。簍子滿了，漲潮了，火車來了……

但那一回，漲潮的時間延後了。

阿母低頭在礁石上反覆鈎著海膽，不願放過任何一個坑疤。

走到車站時，原以為錯過了火車；誰料，五分車安穩地停在站裡，動也不動。沒有錯過火車，但火車壞了，根本開不了。等阿月再回神時，已經徒步跟在阿母的身後，遠離車站好一段路程了。

一行四人，前後交錯，身上、肩上都負重著整簍滿載的海膽。海膽尖刺上的水分還未乾透，沿著他們走過的路，滴出一道水痕來。

突然好想睡。

阿月的頭往下一點，猛然發現自己竟然走著走著睡著了。

努力撐開眼皮時，眼前的視線再度朦朧，彷彿與昏暗的黎明重疊，人影交疊在山洞的入口，搖晃著。

「較緊咧——」耳邊響起阿母的催促聲。

阿月馱起沉重的腳，數著肩膀上滴落水聲。

山洞的晃動越來越明顯。

阿月懷疑是自己沒睡飽，看錯了。

她揉揉眼，發現山洞不只在晃動，耳邊甚至傳出轟隆隆的巨響，黑暗裡猛地照出一片刺眼的白光。

「火車來矣！緊走！」阿母和同行的人叫了起來，倉皇裡，似乎也呼喊著阿月的名字。

尖叫起落，有人朝阿月伸出手。

她不知被誰拉著，天旋地轉時背脊撞上濕漉漉的牆，上頭青苔的柔軟也抵擋不住將她強壓在牆上的力道。腳一滑，阿月摔進洞口外的大水溝裡，背部的痛襲來時，阿月又聽見阿母叫她的聲音。

「緊向頭[1]！」阿母要她就地躲著。

阿月立刻將身體蜷曲起來，縮在大水溝底。頭頂轟隆隆的巨響聲襲來

1. 向頭：à^{n}-thâu，低頭。

時，她忍不住睜開眼，從眼皮的縫隙中看見火車的車輪正迅速閃去，車板上的木炭因為晃動還震落了些許屑末。

火車佔據了洞口所有的光芒，直到白光再次落下，耳裡便只剩火車朝著前方鳴笛而去的聲音，山洞裡剩下唏噓的嘆息。

嘆息拉得好長好長。

阿母跟友人重新撿起地上散落的海膽，若無其事地將負重再次揹上肩。

阿月從水溝裡爬出，身上些微的擦傷已經是家常便飯，她本不太在意，就在拍掉身上的灰時，發現是火車遺落的木炭屑，這才餘悸猶存。

她再也不想凌晨時跟阿母去鈎海膽了。

可阿月知道，抗議無效。

「你互我拜託咁好？莫閣再讀矣，去賺錢好無？」阿母一定又會這麼低聲下氣地央求她。阿母需要她，妹妹們需要她。在明白「能幹」的說法放在自己身上是福是禍前，她都得繼續走著這條路，穿過這座山洞。

阿母和同行友人已經往前走遠。

阿月揹起負重，追上。

一九八九年深澳線停駛，直至二〇一九年，臺灣鐵路管理局與新北市政府合作的 **RAILBIKE** 正式啟用，利用既有軌道設置鐵路自行車，全長一．三公里。終於讓這條沉寂三十年的深澳線有了新的時代使命。深澳岬角亦成為北海岸著名景點，豔陽高照時總有無數遊客來往休憩。

但，

阿月看不見了。

顧門

阿爸早上剛殺完一批小卷，火氣正旺。

小卷價格差，加上除了小卷之外，昨夜跟著出任務的綾仔還被臭肉撐破了，透抽、目賊仔被溜掉不少，拉上船的只剩下活力不太好，又小隻的那些。阿爸把牠們連帶著小卷，全殺乾淨，披在他自己綁的線上。線的一頭固定在門口出去的小溝上的電線杆，另一頭綁在高一點的林投樹上。

阿爸把小卷曬在線上，一隻隻井然有序地排開，然後用著不小的音量跟阿門說，「下晡若是落雨，愛收入來，知影否？」

那線那麼高，她哪收得到啊？

阿門傻楞楞地點頭。

她之所以會被叫「門」，就是阿爸說她女孩子沒甚麼作用，不能幫忙出海，除了顧門甚麼也不會，也就是如此，她便一次次被阿爸叫去看守那些

曝曬的小卷。

每到夏季，小卷就量產，產量一多價格自然下降。賣的價錢不好，阿爸就會把牠們曬乾留著自己吃。曬乾的小卷收到床底下存放，通常是到了冬天沒甚麼東西吃時才會拿出來。可見曬乾的小卷也不怎麼吸引人。阿母烤的小卷常是半生不熟的，遇熱剛蜷曲的小卷，根本還沒熟透，只散出香味就上桌。桌上一盤當配菜，另一盤當作點心吃。長此以往，還沒過完一個冬季，就怕極了小卷的味道。

可到了來年的夏季，又會有一簍簍的小卷被撈上船。

「顧好，毋通互狗食去矣。」阿爸又如此叮囑，然後揮袖而去，去補他的破手網了。

阿門看著靠近的野狗，再看看線的高度，阿爸這次綁得比較高，她倒也不擔心野狗會不會撲上去了。

阿爸補完手網，又拿著自己剛削好的木蝦出門。

阿門為了確定阿爸確實在忙，還故意跟了一段路。

阿爸的木蝦是為了釣軟絲用的。木蝦的材料是海邊撿來的漂流木，颱風一來就多蒐集一些。除了大塊的當作柴火外，小一點的碎木就被阿爸拿來做木蝦。

阿門看過阿爸做過幾回，她一樣站在門邊——顧門。

阿爸會先用象刀削出蝦的形狀，再用火燒出木頭上的紋路，接著把熱鐵絲貼在木頭上，壓出他想要的紋路，這就是蝦身。然後用公雞的羽毛做成蝦子的鬍鬚和觸足（羽毛還是阿門幫忙拔的，阿爸說，要拔「最漂亮」的；結果她笨手笨腳，不只拔壞了羽毛，還觸怒公雞，接著就是又被阿爸叫去「顧門」的命運）之後嵌上珠子，鈎上鉤子，腹部掛上鉛片，就大功告成了。

不過木蝦在水裡夠不夠活靈活現，還得在出任務前下水測試，模擬軟絲看見木蝦肚子的感覺。剛剛阿爸在臉盆裡測試，可淡水浮力不夠，又把那些木蝦打包起來，走到海坪上找水窪。如果更費工的話，得搖櫓出去港口外，邊搖艫仔，邊握竿抽動，假想著真蝦游泳的模樣。

阿門確定阿爸短時間內不會回來了，她馬上三步併作兩步，逃離了她「顧門」的職責。才剛走到港口，就看見陸續停靠的漁船正在下貨。這一批是夜間火誘而來的。

小卷阿門是不喜歡吃的，不過其他曬乾的魚脯[1]就不一樣了。畢竟越是得來不易的，越讓人著迷。港邊已經圍了一群孩子，都對著上岸的魚貨虎視眈眈。

魚的數量太多，就得用魚灶蒸熟後曬乾保存。上一回漁船回來的時候是清晨三四點，魚寮開始煠[2]魚脯時阿門正在夢鄉裡，好不容易天亮了開始披曬，阿門卻不得不出門上課了。

東北角一帶的漁村，通常都會有這類的作業模式。馬崗亦然。尤其在夏季鰮魚期，為了消耗過多的漁獲，靠著港口的廣場上就會搭起「魚寮」。設備簡易，煮魚用的水直接取近於海水，加上大灶、大鍋、煮勺齊備，重點還是火頭伕的齊心合力。

船主一進港，魚寮裡的火頭伕立刻準備就緒，生火開灶，魚寮裡開始

1. 魚脯：hî-pó͘，魚乾。
2. 煠：sa̍h，川燙。

人來來往，下鍋煮的、挑揀的、批曬的，全擠成一團，卻又井然有序做著各自負責的工作。一般來說，這也是各家婦女賺外快的好時機。岸上的女人通常很少出海，更不是每戶都有漁船，但作為臨海漁村的一員，身上沒沾點魚鮮海味，是很難的。

水滾就下鍋，要做成魚脯的不能煮過熟，川燙個兩三分鐘就夠了。

還有一種是煮成熟魚。先將魚放在竹篩中，如煮麵那樣在滾水中燙熟。魚量多又雜，除了要注意火候、鹹度外，更不能毀損了熟魚的賣相。這完全得取決於火頭伕的功夫。

煮好的熟魚格外脆弱。阿門曾替阿爸拿整篩的熟魚到大里去賣，一篩二十多斤，左右肩各扛一篩，可才剛下車，就跌了狗吃屎，可想而知，整篩的魚全摔到地面破了相。那次之後，在眾多姊妹中，她就真的只剩下「顧門」的作用了。

這次，終於被阿門逮到漁船回來的時間，但要等這批上岸的魚都煠好晾曬，應該也要接近中午了。

魚箱裡倒出的魚種有很多，都是常見的大眾魚，像是丁香、四破、臭

肉、青鱗……幾乎每次都會登場。

阿門和小孩子們等的不是這些魚，而是魚群裡面偶而夾雜的小卷。

小卷蒸鹹是為了維持賣相，不讓小卷的外皮受損，然後用基隆客運配送出去。一樣是小卷，煠過曝曬的小卷就是比阿爸曬在線上的還要好吃。尤其是有好幾個小孩一起搶食時更好吃。

村裡的婦女們集結在魚寮裡外，忙碌地走進走出，每煠好一篩的魚，就會有負責披的人幫忙接手。煮熟的魚整篩吊起，接著連著篩，層次分明地放在披曬的竹架子上。有些要曬成魚脯的會鋪在地上的芒草蓆上，定時翻面，挑揀。

魚寮裡的大灶不斷滾著水，沸騰著白煙。

一旁的製冰器看來暫時沒有作用，只能被閒置著。

來幫忙的婦女偶而會帶上自己的孩子當幫手。不請自來的小孩也好，來幫忙的小孩也罷，都會不約而同地把注意力放在那些藏於竹篩中，被魚脯層層蓋住的小卷。

「恁遮的囡仔人閣佇偷食啥物啊？」隔壁的阿嬤拿著趕蒼蠅的拍子，

看見有小孩偷吃，就見一個打一個。

小孩子一哄而散，沒多久又聚集過來。比蒼蠅還快。

這回又來了另一群小孩，是剛從海水裡冒上來的男孩們。男孩們的上衣全脫個精光，個性稍微害羞的會留條四角褲。阿門跟原本就圍在大人身邊的女孩們退避三舍，像是看到不該看見的東西。

魚脯前很快就被男孩們佔地為王。

可下一秒，就聽見了那句吼叫，「恁遮的囡仔人閣佇偷食啥物啊？」然後就是蒼蠅拍啪啪啪地追在後頭。

「毋是啦，阮是頭一遍食矣。」

「著啊，哪有閣，頭拄仔毋是阮啊。」

孩子群裡有人出聲，蒼蠅拍追得更是起勁了。

「那個誰的阿嬤啊，怎麼跑那麼快！」

這下不只男孩們，連來幫忙的女孩們也遭殃，「那個誰的阿嬤」一個人追起一群孩子。而在他們身後，是不得閒的婦女們，正一簍一簍將魚放進灶上的滾水裡，扛起竹簍時，還得左閃右閃那些穿梭逃跑的孩子們。

孩子們四散躲避，引開那個誰的阿嬤的追趕。

阿門是孩子群跑最快的，雖然常被阿爸說她只能顧門，卻沒想到她還有逃跑這個技能。

總算躲回家後，阿門吸吮著齒縫裡卡住的小卷肉，正洋洋得意自己又逃過蒼蠅拍時，就看到阿爸讓她「顧」好的小卷下，正圍繞著野狗和雞群，虎視眈眈直盯著曬在線上的小卷。

雖然那個小卷放到了冬天實在不好吃，但也不能就這麼被野狗和雞群吞了。

阿門隨手撿起竹竿。

野狗很敏銳，立即就感覺到危險，阿門還沒靠近，野狗已經落荒而逃。雞群是比較笨的。阿門都走到牠們身後了，還無動於衷。阿門舉起竹竿，朝著雞的尾巴揮去，雞尾擺動，根本就不怕人。

阿門這才發現，原來不是雞笨，而是雞根本就不怕她。

阿門吼著雞群，用力揮著竹竿，雞咯咯叫著圍成一圈，像是挑釁那樣張著翅膀。模樣猶如方才被蒼蠅拍驅趕的小孩們一樣。

氣死了！阿門咬牙切齒。

她此刻，就跟那個誰的阿嬤一樣，手持武器，防衛著屬於自己的東西。

唉，阿門心底默默嘆息，自己果然是一個顧門的人。

漏網之魚

從尖山腳下的礁仔開始，沿著海浪打在石礁上冒出的白花花的氣泡，一直到憨番窩仔，這一路，都是叔仔抛黑毛栽的好地點。冬天沒出海的時候，他總會揹著手綾仔踩在礁石邊巡視。

「叔仔，你行卡慢寡。」水麗總叫那個人「叔仔」。

據說她出生的時候正值風颱天，外海有船被損填了。出海人最怕這些有的沒有的，古早時的老人家總是告誡寧可信其有不可信其無，於是她索性稱呼他為「叔仔」，不管命中剋不剋父，都沒了這種說法。

跟在水麗後面的是阿香，小水麗兩屆的學妹，是鄰居，也有一點遠親的關係。但不管關係是甚麼，她們兩個小女生，今天是被叫來幫忙的。任務滿簡單的，就是幫忙顧好叔仔綁在礁石邊的魚簍。

魚簍裡有叔仔抛了一路過來的魚栽。

濱海公路剛開通後的那一陣子，常有人來收購黑毛栽。

靠岸邊溫暖，海裡的黑毛栽會想躲避寒冷而更靠近石礁底下，叔仔會用手綾仔撈起那些魚栽，在自家門口的魚池裡養大了再賣，這樣價格會好一點。

「頂頭束絚[1]，莫互魚栽走去，知影無？」叔仔又再度揹起手綾仔準備轉移到下一座石礁前，將魚簍交給水麗和阿香，千叮嚀萬囑咐。

兩個女孩傻楞楞點著頭，只覺得滿簍的魚栽很好玩。

魚栽得養在流動的水裡面，綁在水裡的魚簍沒有束口，只能靠著她倆的小手拽著。

叔仔選定了位置，探頭查視了水下的影子，確定拋網地點。隨後他將手綾仔頂端的手繩套在左手腕上再反摺進手掌裡，連同手綾仔近三分之一的網身也要一併抓穩。

最先是阿香看見叔仔拋網的預備動作，開始模仿，逗得水麗開懷。

叔仔又展開剩餘的手綾仔，將近半片的網子掛在左肩上，右手握著另

1. 絚：ân，緊。

一半的網子邊緣，用手指頭將網緣下方的鉛錘分開，以免等會拋出時會纏在一起。

阿香的手模仿到這個動作就僵硬了，一個人像是望夫的化石那樣，定在石頭上。

「不是那樣啦，妳來拉著，我學給妳看。」水麗說完也模仿起叔仔的動作。她當然沒有忘記自己的工作交給了阿香。

叔仔的身體向左後方伸展，扭腰，呈現一個弓字型。

最關鍵的是拋出去的瞬間，扭腰甩出去的力道要恰巧能拋出一張完整的網，手得順勢伸直，讓網沿著手臂的力道朝外伸展。過猛的力道容易讓網糾結成團，太小的力道又會讓網軟弱無力。

不知道是不是叔仔發現有兩個小女孩在自己身後笑他，這次的網沒拋好，收好網之後，叔仔朝水麗的方向瞪了一眼。

水麗和阿香鼻子摸摸，當作甚麼事也沒發生。

叔仔很快又找到下一個拋網點。

兩個女孩很快就對模仿拋網失去興趣，改抓起海坪上的水窪裡聚集的魚。都是魚栽，不過是不值錢的。小魚在腳掌大小的水窪裡竄逃，鑽進石縫裡。這些小魚是漲潮時跟著海浪上岸的，退潮時來不及跟著退回海裡，就這麼被海給遺忘在了陸地。運氣好點的，能撐到下一次的漲潮，重獲新生；運氣差點的，要麼被曬死、要麼被滾燙的水煮熟。

「好可憐喔。」阿香說著，然後用手撈起小魚，趁著指縫滴光水前趕到海邊，把魚放回去。可重回海裡的小魚並沒有因此重生，劇烈的溫差對這些被遺忘的生命來說，又是另一種考驗。

阿香跟水麗撈著撈著，就忘了最重要的事。

「水麗！」叔仔的聲音突如其來，十分憤怒。

水麗和阿香回過神來，才發現裝著黑毛栽的魚簍已經被海水沖出開口。

「我不是叫妳用繩子綁嗎？」水麗對著阿香小聲推卸。

阿香也不甘示弱，「是妳說要抓魚的。」

「哪是我啊！」

「水麗！」叔仔罵人的聲音越來越靠近，他肩上揹著沉重滴水的手綾仔，正如魔鬼般一步步走來。

「完了啦，完了啦……」水麗和阿香都推託不了。為了彌補被她倆「玩」沒了的黑毛栽，她們只好去找每個有可能躲小魚的洞，想說能撈幾隻算幾隻；但黑毛栽比那些被「遺忘」的小魚聰明也幸運多了。最後，水麗和阿香幾乎沒撈回半條，只能頂著烈日被叔仔罵個狗血淋頭。

怎麼回家的？水麗的印象有些模糊了。只記得，她們縮著脖子低著頭，不敢吭聲地跟在叔仔身後。叔仔身上的手綾仔似乎很重，步伐拖出長長的影子。

後來水麗聽說，一張手綾仔加上網緣下的鉛錘，都要超過三公斤；叔仔身形有將近一百八，用的是十五呎的網，網裡載負的是一家的生計。

如此，應該又更重了……

作客

「好久喔，怎麼還不來？」美麗問。

秀華對著她比了個「噓」的手勢，然後用著比美麗低沒多少的音量說，「小聲點，等下嚇跑牠們了。」

秀華說的牠們——揹著皺巴巴的殼，行走時露出尖銳的腳趾頭，一步步爬在粗糙的石礫上；尤其到了晚上，便會循著香氣，到每個舖滿米糠的地方「作客」。

「請牠們多吃一點米糠，牠們就會多來一點。」秀華說。

聽說海上的寄生仔[1]也跟牠們長得差不多，但因為到了陸地就活不了，所以沒有行情，賣不了甚麼錢。陸地上的就不一樣了，行情好的時候，附近的小孩子都搶著要呢。

1. 寄生仔：寄居蟹。

秀華舖好阿母下午剛炒好的米糠後，就守著自己的地盤不離開。她隔壁林投樹下也蹲著點的是美麗。美麗個性急躁，天才剛黑，晚飯才吃一半，就急著跑出來了。

秀華家是太陽還沒下山就吃完飯了，所以她最早到。

民國六十年後美軍逐漸撤離臺灣各基地，原本堅守在沿海的砲台也卸下任務，成為叢生的林投樹下逐漸被掩埋的戰時記憶。秀華家是整個村裡離砲台最近的，當然砲台下的林投樹上也都被她舖滿米糠，這裡，是附近「客人」來得最多的一處。可有時來的不只是寄生仔，還有蛇，總會不經意地盤繞在林投樹尖銳生刺的長葉尖上。也不知為什麼從不會被割傷呢？

秀華很討厭請來的客人是蛇，不是寄生仔。

但寄生仔一旦來得多，不及時抓起，就會引來蛇。

「好討厭喔。」秀華邊和美麗抱怨，邊收拾放了一個下午的米糠上的寄生仔。

聽說這些寄生仔是賣去做藥材的。舖好米糠大概一個小時後就開始有寄生仔爬上去享用，有時一天放下來得巡視好幾回。晚餐過後，是秀華巡視的最後一回，她打算等等收完就要結束今天的等待工作。

來作客的寄生仔大小不一，如果能有像蝸牛那麼大的最好，硬殼也是上選，因為寄生仔是秤重賣的。在那之前，她們會把收回的寄生仔分類成堆，價格也會有落差。

炒過的米糠很香，聚集越多的寄生仔，秀華的笑容就堆得越高。

雖然賣寄生仔的錢大部分都進了阿母的口袋裡，她也搞不清楚寄生仔都託賣給了哪些人，不過阿母會給她十多塊當零用錢。麵包兩塊，口香糖一包五角，都可以讓秀華吃上一個禮拜的點心。

家門前傳來人說話的聲音，聽起來有些陌生，蹲點寄生仔的地方就在門前，秀華望眼就能看見走進家裡的人。

「我回去一下，妳幫我看著喔。」秀華跟美麗說，然後湊近了門口的人群。

聽了片刻後，秀華發現原來那人只是來跟阿爸聊天的——裹著頭巾的婦人，手上肩上都提著大大小小的竹簍，還有更多的竹簍是放在不遠處的鐵牛車上的。

秀華趴在鐵牛車上看，裡頭是已經被算好了錢的海膽、石花菜，還有一些龍蝦、野生九孔。石花菜是阿母上禮拜剛曬好的，海膽是早上二姊去深澳挖的。龍蝦、九孔和一些魚栽則是阿爸這兩日撈回來的。

婦人清點錢，然後將一疊錢交到阿爸手裡。

秀華急了，她的寄生仔還沒收回呢。

「等我一下。」秀華要婦人等她，她要把一下午收來的寄生仔也賣給婦人。

「彼個寄生仔我無咧收喔，愛問你阿母，是毋是螺仔嬸收的。」婦人說完，想到了甚麼，指著已經放在鐵牛車上的一疊頭毛菜，轉頭跟秀華阿母說，「姆仔，妳彼個頭毛菜愛洗卡薄一寡，一片片疊好，憨仔嬸攏會提竹篩來曝，按呢曝起來的頭毛菜著會圓圓的一片，欲秤重嘛較好整理。石花也是愛整理。」

「好啦好啦，真麻煩，進前黑草嘛直接收，這馬愛漂遐爾濟遍，誠麻煩。」

「無法度啊，黑黑的一堆，妳無先整理好，人客無愛買啊。」

婦人好聲好氣跟阿母解釋，要阿母在整理石花時用心點，還略帶警告說下次如果不整理好，就不收了。

阿母臉色很差，又念，「沫石花著誠厚工矣，閣愛水漂遐爾濟遍。黑草著愛洗四工，煮起來毋是共款。」

「賣相無好啦。」婦人本要離開，突然想到甚麼又回過頭，「著矣，妳彼個石頭愛揀出來喔，若無車去硩[2]，曝進前愛先揀一下，有石頭也歹看。」

這下真的惹怒阿母了，阿母發出不耐煩的嘖嘖聲，打發走婦人。

婦人沒有收寄生仔，秀華擔心自己白忙了一天，便纏著阿母問收購寄生仔的人甚麼時候來。她剛才聽婦人說是螺仔嬸收的，是不是就是上個月來收露螺[3]的人呢？

秀華想到以前去海邊還能常撿到浮水石，除了留幾塊給阿母刷鍋子之外，其它都讓頭城那邊來收購的人收去了，聽說也是去賣給人刷鍋子的。浮水石變少之後，收購的人就不再來了。現在最常出現的，是收購阿爸黑

2. 硩：teh，壓。
3. 露螺：蝸牛。

毛栽的人。

又等了兩天，秀華還是沒有等到來收寄生仔的人。

倒是收頭毛菜的另一個叔仔已經來了兩趟，順便還把大姊前陣子曬乾的蝦蛄草也收走了。倚山傍海的日子雖然枯燥無聊，但唾手可取的資源還真不少；反正只要有人買，「這裡」有，就會有人想辦法去抓、去採、去收。除非像浮水石那種來自於某次做大水才沖上岸的，原本就不屬於這裡的，才會耗盡。不然春分過後有石花菜，立秋過後有頭毛菜，白露過後有仙草，霜降時有紫菜，還有冬至生夏至枯的蝦蛄草……基本上，日子是很難無聊的。

除了跟著節氣的腳步走之外，大水後有露螺。秀華不喜歡吃，但附近的孩子，還有美麗都很喜歡。撿到露螺時一樣先分出大小，大的價格好，會養著等人來收；小的就自己吃。吃的時候，會先用火灰把露螺外黏膩的膜層搓掉，然後用鹽洗一洗，加香料大火快炒。

「要不要吃一個？我阿母剛炒的。」才正想著露螺，美麗就端著一盤大蒜放得嗆鼻的露螺，在砲台的林投樹下找到了秀華。

秀華不吃，眼神透露著哀怨，把爬在米糠上的客人們裝進桶子裡。前兩天抓的那一批因為沒養好，跑掉了不少。

「唉呦，那個收寄生仔的都愛來不來的，上次來的時候，結果只到萊萊，車都到上頭的，還不進來我們馬崗，直接去了卯澳。」

「那他這次會不會也忘記啦？」

美麗沒有正面回應秀華，而是問，「不然妳跟我們去撿露螺好不好？露螺也很好賣啊。」

「我不喜歡吃。」

「又沒有要妳吃，是抓去賣啊。不然妳這個禮拜有零用錢嗎？」

秀華一聽沒有零用錢，更哀怨了。不得已，她只好跟美麗和幾個常撿露螺的轉移了陣地。那幾次撿露螺的成果都不太好。撿露螺有些靠運氣和天氣，不像抓寄生仔這樣坐等客人上門，而是得主動出擊。秀華跟了幾回後，還是一群人中成果最差的。

她索性不去了。

結果就在不去了那天，家裡又來了一位客人，跟上回收石花的婦人一

樣，也是開了一台小鐵牛。

秀華湊近一看——這人有些眼熟啊。

「秀華，叫叔公。」阿爸說。

那人是秀華不知有多遠親戚關係的叔公。叔公很年輕，大秀華沒幾歲，跟阿爸可能也早就沒甚麼血緣關係了。她那聲「叔公」叫得很不自在。

有客人來家裡，秀華當然就不能出去看守她的「地盤」了。話說，早上只放一回米糠，之後就再也沒有去巡視過了。不知道寄生仔是不是聚集很多了？可轉念一想，寄生仔太多，就會引來蛇的覬覦；那這樣，她便更不敢去收了。

終於等到叔公要離去了，阿爸話鋒一轉，突然問秀華，「妳頂擺掠的寄生仔緊去搬出來，叔公欲轉去矣，伊閣愛趕去頂頭收。」

聽到那句「收」的關鍵字，秀華興奮得眼都亮了。

她完全忘了聚集的寄生仔附近，可能也早已經等著蛇。

秀華回來時，趕上叔公鐵牛車的發動。

臨走時，叔公留給阿爸電話，說之後如果有龍蝦還是九孔甚麼的，都可以叫他來收。

「寄生仔嘛會使喔。」

叔公看著秀華挑眉說道，隨後鐵牛車沿著蜿蜒的路，哪裡來，哪裡去了。

第三章　回家

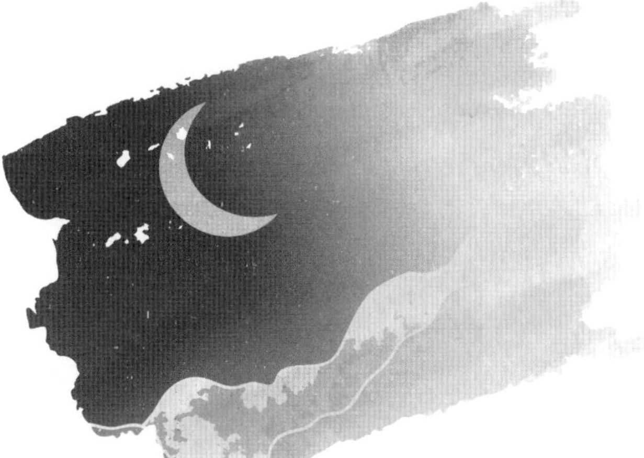

漁豐8號

那是玉珠第一次坐上阿爸的船。

時值台二線的第一期工程，自八斗子往南到頭城一路，沿山峭壁、倚海斷崖都被挖得柔腸寸斷，就為開闢一條專屬東北角沿海的公路。在開之前，也是有路的，但崎嶇難行，有時走海路甚至比走陸路還要順暢。

從福隆到馬崗的路段，就被算在這第一期工程裡。

路面被刨出大量土塊，堆疊成小山，要不然就是挖成大窟窿，一場雨下來，來不及退水積成小池都是家常便飯。

那是玉珠剛出社會的第一年，台二線開工邁入第三年。

三妹正就讀福連國小，走路上學時說怕鞋子被泥巴弄髒，乾脆把鞋帶打成結，將鞋子左右兩邊掛在脖子上，光著腳丫走。

比較辛苦的是二妹。二妹讀貢寮國中，以路程來說，每天都得走過那條開挖的台二線，從馬崗到福隆。剛開始，還有車在跑，可路一挖，別說

車了，整條路都是爛泥巴，中間隆起一整條的山丘，連軍車要走都得看天候賞不賞臉。雨若過大，路上的泥濘是能淹過腳踝的。因此剛開學沒多久，二妹和村裡同期讀國中的學生們，一起租下了福隆整棟的旅社，直到車子能勉強通行後，才又搬回家。這一點，倒是比玉珠還好。

玉珠實在不願意回想那段離家的時光。

第一期工程從民國六十五年開工，一挖就是三年多，直到六十八年熱暑才完工。

比二妹大兩歲，玉珠還就讀國中時是公路開挖的前期。沒有車，就從凌晨三點開始步行那條泥濘的路，到挖仔[1]的時候天已經亮了，剛好搭上七點的火車到學校。回程到家時已經披星戴月。

後來路連走都無法走了，玉珠就被安排在挖仔的親戚家借住。

親戚是大家族，吃飯有男尊女卑的規定，女孩子得等到男孩子吃完飯之後，才能上桌用菜。夜裡寂靜，剩下海風時，她就躲到附近的王爺廟待

1. 挖仔：福隆漁港舊稱「挖仔港」。

著。眼淚哭給別人聽是沒有用的，只有自己會記得。

玉珠就這樣被冷落了半個多學期。

好在畢業季接著來，像逃離似的，畢業隔周就找了臺北工廠的工作，做一個「出了社會」的人。終於不用再看人臉色和寄人籬下，總歸讓人生找回了一些屬於自己的自由。

可回家的路，還是很艱難的。

出社會後第一次返家，是媽祖生的時候。媽祖生是村裡大事，家裡有大大小小的事要忙，還要準備牲禮和辦桌，玉珠請了假寫信說要回家過節。但怎麼「回」，卻讓人傷腦筋。

她再也不想像學生時代的自己那樣，狼狽地走過那條顛簸的路。

玉珠想起阿爸前陣子去澎湖牽了一艘機舢舨回來，聽說是二手的，但也挺大台的。她沒看過，便想著讓阿爸開著船來接她。阿爸從不讓女孩子上船，玉珠這麼盤算，當然也是想滿足自己從未上過阿爸的船的願望。身為漁夫的女兒，十七歲了都沒坐過船，是多麼諷刺的事。

下了火車後，玉珠越過公路繼續往前方的下坡走，那就是人家在說的

「挖仔」，位於彎曲的雙溪河出海口，像似一個半月形的海灣。後來更多人稱呼為福隆。

轉進村裡後，海水的氣味就在眼前。

阿爸答應了會開船過來接她，想必船會停進漁港裡吧。邊想著，玉珠邊加快腳步朝著港口邁進。這是公路開挖後，她第一回覺得有「因禍得福」的感覺，也很少有那麼期待著回家的雀躍心情。

到了港邊，有人喊了玉珠。

「玉珠，妳坐哪一班車啊？我剛剛車上怎麼沒有看見妳？」問話的是比自己大一屆，早一年上臺北吃頭路的學姊。

「我剛下車啊。」玉珠才回應完，身後又有另一些吵雜低頻的聲音，彷彿正在討論著甚麼。

「說是幾點啊？」

「差不多這時候吧？」

聽著人聲的討論越來越密集，玉珠發現圍繞在自己身邊，也同樣站在港邊的人越來越多了……面孔都很熟，都是馬崗同村人啊。

那不是憨仔嬸的兒子？

那不是隔壁叔仔的女兒？

那不是開柑仔店的那個？

玉珠用眼神巡視了一回站在港邊，跟自己一樣都朝著外海引領而望的人群。人群有人的目光跟她交集，倒是很不意外地跟她寒暄招呼。

該不會公車沒跑，村長叫人找了船來跑吧？那她怎麼會不知道船班呢？如果讓阿爸知道有船可以回馬崗，卻大老遠地將他叫出來，這回去還不被罵死？玉珠心底越來越慌。

就在玉珠忍不住想問問那些人在等甚麼時，港口傳來漁船噗噗噗臨界熄火和進港的聲音。

人群的躁動瞬間高漲，全指著外海逐漸靠近的漁船喊著。

「真的有喔，來了來了。」

玉珠跟著人群一起往外海的那艘船看。

船身算是港裡中型的船身，比艫仔和小型的舢舨大些，但也沒有跑遠洋的船有窗有門；頂多就是上面加蓋黑網，不需要的時候捲起來。

雖然船身是陌生的，但站在船上的人，玉珠比誰都還要熟悉。

那是阿爸。

人群往駛近的船揮手，阿爸還是頂著那張冰冷不笑的面孔，但直視著玉珠的眼神卻穿過擋在她面前的人群，毫無疑惑地看著她。堅定不移，猶如早就規劃進航線的目的地，除了到「那」，便哪也不去。

船停靠後，阿爸讓其他人先上船，大概十多個人擠在一艘不算大的機舢舨上。有人質疑會不會過重，阿爸則說自己一次抓的魚都比這些人還要重。應該是誇大的，玉珠憋著笑時，看見了阿爸同樣藏在嘴邊的笑容。

原來阿爸也是會笑的？這倒是讓玉珠意外了。

船身吃水很深，馬達沒進水裡發出咕嚕咕嚕的聲音，然後沉穩地駛出挖仔的漁港，繞出外海，直奔馬崗的方向。若不是看著山的走向和落日的方向，到了海上的玉珠根本不知道船正往哪裡行駛著。不過她知道，前方還有阿爸，阿爸開的船，一定不會迷航。

成年後，玉珠跟村裡的女孩子們一樣，「出嫁」作為女人人生歸宿的一種打算。也可能是唯一。因為如此，做海的阿爸才會格外怨嘆家裡沒有個男孩，無人繼承他的衣缽。

玉珠曾經想，可她是女孩，只能嫁人。

出嫁那日，阿爸請自己的兄弟用扁擔替他們搭喜餅，以馬崗為中心，還要還過隔壁兩個庄頭。最近的就是萊萊，另一個是卯澳。不僅如此，女方在嫁娶中並沒有任何收取紅包的機會，做大餅給人吃了，女兒從此就是潑出去的水了。

之後再回家，玉珠已開始養育自己的子女，為人父母。

那盆曾經潑在自己身後的水，彷彿阿爸破浪一生的海，波盪不止。

台二線的第二期工程從民國六十八年開工，到民國七十一年，是接著第一期工程的南北兩段擴張，北段從基隆八堵的四腳亭到瑞濱；南段則是從頭城接至蘇澳。自此，整條北海岸的濱海公路大抵落成。

對玉珠來說，回家的路，或許還會泥濘崎嶇，也或許還需乘風破浪，可決定了要自己走之後，就要努力地走下去……

順風車

「姊，妳不是去上學嗎？怎麼回來了？」

鳳娟好不容易走到家門口，就聽見妹妹的驚呼聲，還有些幸災樂禍地看著自己。

台二線大興土木的那幾年，正巧是鳳娟剛入國一那年。

那時候有台順風車，差不多是小巴的大小，從萊萊過來，馬崗算是第一站，再延駛到卯澳；但因為是私家車，所以通常載滿了就不載人了。

還好，鳳娟等的地方是第一站。

雖然偶而司機當日懶了，愛開不開的情況也很多；可在連公路局的車都開不進來，也沒有任何火車站停靠的非常時期裡，有台車坐，算是幸運的了。

那日，鳳娟也是第一個上車，就選了靠後門的位置坐下。

陸陸續續上車的人越來越多。有時候馬崗載的人多了，司機本不想再塞人，可到了卯澳去，看見學生就癡癡等在門口，不讓人上車又好像不通人情，便只好打開車門讓學生湧進。

「大家往後走喔，塞一下喔，馬上就到學校了。」司機對著走道上的學生喊。

學生埋怨歸埋怨，還是乖乖地往後擠，看能挪出多少空間來，就挪出多少空間來。人與人前胸貼後背，才終於把原本擠不上來的學生，也一併擠了上來。

坐在位置上的鳳娟也沒多寬敞，她前後分別被兩個包包擠在中間，動彈不得。身邊站了一位女同學，聽說是隔壁班班花，平常沒有甚麼交集，但因為實在被擠得不太舒服，鳳娟還是好聲好氣叫她讓一點空間。

「我也很擠啊。」卯澳上車的這個班花臉色也很差，鳳娟不想跟她爭，只能彎著腰，屈身在椅背間的空間裡。

車子終於開上公路，連續避開幾個大窟窿後，又「撞」上一座小山。說是小山也不為過，路中央突起的土塊，車輪輾上，就跟撞上東西沒兩樣。

就這樣，車輪左閃右閃。

閃不過的就輾上去，然後車內的學生們就會齊一湧起，跟浪一樣。

鳳娟坐在位置上，好幾次也忍不住跟著窟窿的起落，屁股在座位上彈了好幾回。書包差點從懷裡掉出。她把書包重新綁在自己身上，便當勾在左手腕上，左搖右擺，想必裡頭的飯已經混成燴飯了。

但鳳娟來不及多想，她只能先抱好書包。

班花側眼看著她，眼神不太好。到底是羨慕鳳娟有位置坐，還是厭煩鳳娟的書包一直滑到地板砸到她的腳？鳳娟也不管了。

過了挖仔後，有幾塊田沿著開挖的公路，也時逢播種的時節正在翻土著。鳳娟偶然看到窗外，發現田裡積著水。大概是昨晚突然下的雨吧。她想著。

車子過了挖仔後，就彎進貢仔寮了。

學校近在眼前。

鳳娟喘口氣，再一次將書包和便當拿好，準備下車。

到學校前，還會經過一塊最大的田，昨天才剛播的種，還看不出來是種甚麼。才剛這麼想時，轉彎的車突然打滑，輪子撞上土堆後反彈到逆向，司機拉回方向盤，車裡的學生從左晃到右，校花的胸部就剛好壓在鳳娟的頭頂上。但她完全沒有心思去想，因為接下來，車輪掉進水挖裡。就在後輪也要摔下時，司機又拉回方向盤。校花的胸部晃到了另一邊。

「啊——」車內驚聲尖叫。

尖叫聲中，鳳娟感覺校花的胸部又晃了回來，這回連帶著整台車的動力都失控了，直接朝右側的農田傾去。

「啊——」再一次驚聲尖叫。

然後就是「碰——」的聲音，阻斷所有人的叫聲。

有人哭了，有人喊痛，有人大罵三字經。

鳳娟身上壓著的是校花，還有自己的書包。便當盒已經不知去向。靠窗的學生被甩出去，半個身子栽進泥巴裡。

果然是昨晚下的雨，積了滿池子的水，還未來得及退。

上學的衣服只有一套，鳳娟通常都是下課後馬上清洗、晾乾，即使偶而天氣不好晾不太乾，至少也還能穿在身上。如今身上這一身泥，鳳娟已經不知道要先洗自己，還是先洗制服了。

後來搭上了哪位善心人士的順風車回家？鳳娟印象不深了。她只掛念著身上那片汙漬，還有回家時，若遇到了家人，該怎麼解釋？

順風車翻車了——車子一半栽在田裡，有些人摔出去弄得滿身泥，有些人卡在車裡還在哭——我沒有摔出去，但是人泡進泥巴水裡了——然後又有順風車把我們載回來了——

「姊，我再問妳話啊，妳不是去上課嗎？為什麼全身都是土？」

鳳娟全身發抖著，可能是因為沾了泥的衣服濕氣太重，有些冷；也可能是還未回神的魂，不知去了哪裡。

「翻車了。」

許久後，鳳娟才擠出一句話來。

眠床腳的糖

大孫本來應該是弟弟，但是阿嬤視如意為大孫，她就成了家族裡最被人疼愛，從小擁有過最多糖果的孫子。

阿嬤是九份人，從山上嫁到海邊；可即使用了半生的時間適應環境，也還不如村裡做海的那些女人一樣在海坪上活躍。因此，阿嬤最大的寄望，都放在她的身上。

如意與阿嬤不同，生於海，也長於海。

初一十五，海水比較平時，她就會去海坪上挖些海膽或青茵[1]，跟其他家的孩子一樣，補貼家用或換取零用錢。

如意總會比別人多得到一些。

一樣是日常的下午，她和弟妹跟著附近的女人們一起到海坪上挖海膽，

1. 青茵：黑鐘螺。

才剛進門，正要把海膽「上繳」給阿母時，阿嬤躲在門板後的聲音就出現了。

阿嬤跟她使眼色。

「來來來，遮互妳。」才剛湊近阿嬤身邊，如意就從阿嬤的袖口聞到一股糖味。

阿嬤沒跟村裡的女人們一樣做海，身上沒有海水的鹹味，唯一有的氣味，就是糖味，甜甜的。

從阿嬤袖口裡接過糖果後，如意含進嘴裡，才又心滿意足地回去做剛剛正要做的事。

阿母清點完如意和弟妹上繳的海膽和青陰後，掀開隔壁送來的做喜事的大餅餅盒。六粒餅的格子井然分明，不過裡頭只剩下五粒。沒人去追究緣由。阿母將五粒餅分給六個兄弟姊妹，也包含如意。五份要切給六個人，難免會大小心，不過阿母很小心地盡可能把餅分成一樣的大小。

工作完後吃餅，當然是種享受。

如意想起剛剛阿嬤的小眼神很奇怪。果然，到了夜裡，她就知道阿嬤為什麼白日裡身上都是糖味了。

如意是唯一和阿嬤一起睡的孫子，才剛上床，阿嬤就從眠床下拿出大餅，說，「如意，這是我先藏起來的，妳緊食食矣，毋通互別人看到。」是六粒餅中遺失的那一粒，還是如意最喜歡的綠豆椪。

她與阿嬤心照不宣，在寂靜的夜裡悄悄吃完那塊餅。之後又有好幾回，只要她在阿嬤的身上嗅到甜甜的糖味，就知道阿嬤又藏餅給她吃了。

八歲上了小學，如意漸漸不再跟阿嬤一起睡了。

好多年後，如意才發現那道曾經圍繞著自己的甜甜的糖味，已經消失許久。是專屬於山上的阿嬤的味道，卻瀰漫在海邊的每一處，直到如意年過半百後，都還回憶著。

上學路上

本以為，上學的路上是難以前行的。

梅英是家中老大，讀書的時候聽說過不久公路就要開挖，總是挨著半山腰的路終於要有正式的名字了。

馬崗算是校車的起頭，得比沿路村莊還要早起床等車。每次天未亮時，昏暗的大地籠罩著整個熟睡的村莊，海面上零星的漁火正逐步朝著港口移動，準備歸家。

這時，梅英正巧要出門。

早起不是她最排斥的，而是走到站牌的那一路上，總是只有寂靜又孤單的自己的影。

有一回，梅英正要出門，才剛走出自家門口的排水溝，在朦朧不清的視線中，沿著路旁的林投樹摸索前往站牌的方向。猛然間，看見林投樹後藏著一塊塊隨風飄逸的白色物體。梅英當下就嚇得奔回家，正巧撞上剛要出門去海邊的媽。她抱著媽大哭，媽在梅英倉皇的語音中，跟著她一同到了剛才出現白色物體的地方。

當媽的膽子都大一些，也或許是早就習慣了。

「驚啥物啊，著嬸仔昨日曝的布爾，叫成按呢是佇叫鬼喔。」

梅英冷靜下來，看著林投樹上的白色物體，確定那真的是媽說的白布而已，才鬆口氣。

媽的碎念還在繼續。

梅英央求媽帶她走過這段路，送她到站牌等車。

媽不耐煩，嘴不停唸著讓她別再讀書了，趕緊工作幫忙家裡比較實在。做海的生活太苦，許多人家早早就到海上幫忙，要不就出去工作，只有梅英還堅持要把國中讀完。梅英知道她改變不了根植於媽思想裡的觀念，媽自己沒讀過書，也認為讀書不是女孩子的出路，想要改變現狀，最實際的還是握在手裡的鈔票。

「妳會使莫讀冊嗎?妳按呢會害死我，妳卡好心可憐阿母好無?去趁錢好無?」那是總徘徊在清晨，讓梅英始終不敢張開羽翼的，來自於媽低

喃的請求。從未消失。梅英知道，媽的壓力不只來自於爸對於生出女兒的不諒解，還有整個家庭的開銷。

梅英只能自己去接住媽的叨唸，堅持走完那三年「孤單」的路。路上總有媽，可梅英卻只看見自己的影。

梅英終於熬過那段上學路之後，就輪到妹妹梅如了。

梅如很早就有自知之明，她不像梅英那樣善於忍耐，而是主動出擊。國中甫入學時，梅如一路去了桃園，又到了汐止，只要有能收女工的工廠，她都去待過。本以為日子就會這麼繼續往下走，可那日，梅如看見已經換上某工廠正式員工制服的梅英。

梅英知道，要是連國中學歷都沒有，未來的路會更難走。

「回去把書讀完，姊會幫妳。」梅英如此承諾，用了才十五歲的身，背起妹妹梅如正要前往的獨影的路。

到了梅秀的年代，正是公路大興土木的那年。但她比梅英和梅如幸運多了，因為她有兩個姊姊替她背起那條獨影的路。

梅秀正就讀小學，學校就在隔壁村莊，雖然走路就可到，但也還需要一段時間。不過梅秀的上學路，有更多的夥伴同行，她不用自己一人，獨自踏上上學的路。

公路開挖得到處都是泥巴，擔心鞋子弄髒，梅秀與同學都會不約而同在走出村莊，即將踏上泥濘的路之前把鞋子脫下，綁起鞋帶，左右兩邊掛在脖子上。起大霧時，前方伸手不見五指，踩著挖爛的路段就得更加小心。梅秀跟一群學生穿過霧後，眼前看見的彼此都是被灰土弄得滿身髒污；剛剛是否有人跌進水溝？還是有人偷推了某人？都是謎。大家不太計較，繼續一路嬉鬧前進。

不過有件事還真的要稍微計較一下。

學妹總跟梅秀說，她的芭樂又被拔了。

「妳哪有芭樂？」

「有啊，我早上看見的那顆，明明就快熟了，想說放學回來要拔，結果不在了。」

「那不是根本沒熟嗎？」

「對啊，到底是誰拔的？是不是妳們班的海仔？」

梅秀根本不知道是誰拔的，一群學生一起走，每一個人看起來都很可疑。結果隔一日，學妹又來跟梅秀叫屈了。還青澀的芭樂被搶著吃，學妹總想等著芭樂成熟，當然會吃輸人。

這是上學路上的日常插曲。

可有一回的意外，讓梅秀永生難忘。

那次也是一群學生，裡頭有誰？梅秀沒甚麼印象了。倒是一頭牛，拚了命的闖進她的視線裡。

走出公路後，又有好一段路是沿著半山腰的水田走的。田裡有黃牛，是很正常的事，但那頭黃牛也不知被誰惹怒了，滿臉脾氣地直瞪著梅秀。為了搶芭樂的學妹和其他人已經走過田的另一邊，只剩她一人。

「快過來啊！」

直到有人喊，梅秀才發現田裡只剩她和那頭黃牛四目相望。

「不要，牠會咬我，牠在看我。」梅秀對著隔望的一群人喊。

「不會啦，妳就走過來就是了。」

雖然大夥都這麼喊，可梅秀很清楚地感覺到，黃牛正瞠目對著自己。

黃牛的眼神，很兇，透露著厭惡她的情緒。梅秀很難忽視，越看越是害怕，越害怕人就更不由自主地往田埂上走。梯田沿著坡道往上，已經遠離了上學要走的那條小路。大夥的聲音此起彼落，根本聽不清她們是在幸災樂禍還是在指著路要梅秀前進。

牛越追越起勁，甚至頂起梅秀的書包。

梅秀感覺到牛角的力氣在自己身後窮追不捨時，瞬間放聲大哭，「牠真的要咬我。」才說完，感覺牛的影子更往自己靠近。

驚險來得太快，梅秀回過神時，好像已經有人替她拉開了牛，也有人拉著她走回了小路上。可從此之後，梅秀再看見與自己四目交集的動物時，都難免心有餘悸。

又有一回，在馬崗靠近卯澳村落的那座橋前，也有這麼一回事：

那是一個颱風天，木做的小板橋下水流湍急，從山上下來的水，在疏導進大海前全匯集在這條小溪裡。小溪上唯一通行的步道，就是小板橋。梅秀和一群學生看著湧起的水，根本沒人敢過。後來是村裡的幾個大人當導護，一個一個把孩子牽過橋去。那大人裡，就有媽。好多年後，梅秀跟姊姊們說起這事時，總是很難讓人相信。

「是真的！」梅秀強調。又說起那座橋過去有一個小雜貨店，附近總有一個做花生糖的老人，常常邊擤著鼻涕做花生糖……

民國一〇八年極東公園落成沒多久，媽中風住院，之後好一段時間都需要來往基隆或板橋的醫院做復健。媽不想去，梅秀就哄媽說，「著親像讀冊共款，沓沓仔來。」然後在車上說起當年上學時，在這一條路上發生過的趣事。

對梅秀來說，上學的路有笑有苦，但總有人陪著自己。

梅英沉默聽完，也只說，「時代不一樣了。」

媽或許一直都未曾理解與諒解她們姊妹在讀書路上的不同，還有各自的渴求。但不論時光荏苒多久，她們、與她們曾有過的年代，至今，仍還在這條上學路上回憶著。

人口報到

所謂七胎八個，說的大概就是雙喜家上下七八個姊妹。

沒有男丁的家庭一直都是村裡茶餘飯後閒談的話題，媽為了破除魔咒，堵上那些悠悠之口，用上了自己的一生和一身，只為生一個兒子來揚眉吐氣。可惜事與願違，生到雙喜這胎時，不只又是女兒，還一口氣兩個。

雙胞胎還是比較稀奇一點的，出生時博到一些阿爸和族親的重視；可再怎麼多胎，終歸還是女兒，很快地，「雙喜」臨門的喜悅便只剩下媽肩上沉重的負擔。

每當媽下田時，雙喜跟雙珠就「兩粒頭四隻腳」前後疊在一起壓在媽的肩膀上。雙胞胎營養沒有單胎來得好，身形軟小，頭只有橘子般大，好似一捏就碎。不過脾氣倒不小。兩姊妹背在媽身後時，只要吵架就抓媽的頭髮，媽被折磨痛了，放下兩個小孩，不一會兒，老二雙惠爬了過來，吵著肚子餓。

雙惠的名字是警察取的。

這也有一種說法——雙惠出生時，並沒有報戶口，而是警察三番兩次登門警告。可附近也有人沒有去報。媽就用這種理由推託，一再延後報戶口的時間。

「無報戶口愛罰錢喔。」警察威脅說。

媽依舊當耳邊風。

警察無奈，只好自己去幫忙報了戶口；還好在取名字前，大姊已經出生，跟著排「雙」字輩就是了。

終於搞定雙惠的戶口時，雙喜、雙珠又來報到了……

媽就是這樣，手忙腳亂地度過青春年華。

等到媽生到最後一胎時（當然雙喜那時候還不知道這是最小的妹妹），又鬧了一場笑話。

爸回家的日子是用正字記號算的，歸期總是不定，回來都算是撿到的，不過還好那次有趕上媽生完小妹。雙喜算數不好，算著家裡的姊妹已經不知道算到第幾個了。雙珠文靜許多，算給她聽，「是第八個。」

「第七胎啦。」已經讀書的二姊雙惠反駁。
雙珠和雙惠爭論起來，雙喜趴在門外的欄杆上，等著媽回來。
看到爸的表情，就知道又是個妹妹了。
爸這次也沒停留多少天，又像個浪子般消失無蹤；倒是媽，替小妹把屎把尿時，一直碎念著，「差一點著袂記得抱你矣，佳哉你閣知影愛哭。」
雙珠和雙惠突然跑過來問媽：
「是第八个著毋著？」
「第七胎啦。」
媽嘆口氣，都懶得回應她們。
聽說媽出院那日，爸辦完手續就要走，都到了門口才想起還有一個小孩沒有抱。被遺忘的小妹平安長大了，但雙喜一家就更常聽見有人說，她們是「查某囡仔屁」。成長的記憶裡，只有姊妹們相互依偎的溫度，跟在媽身後，做做田，不然就是去承包家庭代工來貼補家用。
做塑膠花時，總是得先算好明日的便當錢，需要多少個便當，需要多少斤米，就得先趕製出多少量的塑膠花來交貨換錢。剩下不夠的，就加上多一點的水，煮成稀飯。柑仔店上的黑板，也總有雙喜一家賒帳的紀錄，還了上一格，馬上就填入下一格。

連米飯都要煮得湯湯水水，更別說有甚麼糖吃了。

偶而家裡出現糖味，是因為阿嬤在做花生糖。

雙喜家靠著半山腰，隔壁的田種滿花生，暑假的時候她們幾個姊妹就要幫忙剝花生殼。但是阿嬤的花生糖永遠也輪不到她們幾個女孩吃。雙喜和雙珠兩個便會趁著阿嬤去海邊工作時，搗鼓鍋子裡煮剩的糖，用水加熱化開，煮出一碗糖水。

這份甜甜的滋味，是唯一被算進童年的。

有時運氣好點，能找到一整塊完好的花生糖，那是阿嬤還來不及藏起來的。雙喜偷拿出來，分給了大家吃。

除了花生糖外，魚鬆也是差不多的命運。

海邊的流刺網偶而會網到過小的剝皮魚，漁民會將那些魚丟出，雖然是放回海裡，但因為魚身已經受傷，又傻呼呼的，只會游到小水窪裡避難。雙喜跟雙珠就一前一後拿著網，跟小時候在媽背上用吵鬧夾擊著媽一樣，搖旗吶喊地將魚群嚇到一起，然後就可以輕而易舉地撈起來。

剝皮魚就是要先剝皮，然後蒸熟，將魚肉跟刺分開。小孩子不會用火，通常都是阿嬤負責炒成魚鬆，做成便當讓她們帶去學校。但雙喜算數不好，總是數不對魚鬆的份量。

「應該還有很多啊。」雙喜溜進阿嬤的房間裡，探頭探腦，用鼻子嗅著魚鬆的氣味。

「對啊，妳一份，我一份，二姊一份，妹一份，有四份，我們才帶了兩天，怎麼整袋都沒有了？」連算數好的雙珠都這麼說。

「不然我們問二姊看看？」雙喜說。

「她一定會說是阿嬤拿去給尖山腳那裡的弟弟了，上次的花生糖也是啊。」雙珠說得雙喜啞口無言。

阿嬤的房間裡確實沒有魚鬆跟花生糖了。

雙喜也不想去跟媽告狀。媽現在應該在九孔池忙吧？上次發現花生糖不見了之後，她也是去找媽說，可媽甚麼也沒說，只是回頭又繼續手邊的工作。

媽推著推車停在九孔池邊，然後將推車上的海菜扛上肩，朝停在九孔池邊的竹筏走去。竹筏上已經堆放著兩袋的海菜，正準備投料。媽的身形小，揹上整布袋的海菜時腳步有些顛簸，原本想說的話停在嘴邊，不忍開口，雙喜只好改口說，「媽，彼个海菜是毋是誠重啊？」

「四、五十斤，誠重啊，但是無揹妳佮雙珠的時陣遐爾歹揹，恁兩个喔，佇我尻脊骿[1]頂頭……」媽又重複叨念著她們兩姊妹拉她頭髮的糗事了。

偶而媽手頭好一些時，會分給她們一人一塊錢當作零用錢。雙喜會很小心翼翼地將錢塞進燈籠褲裡。褲子圓滾滾的，就跟燈籠一樣。賣麵包的發財車加蓋著敞篷，一周會來一次，麵包都是放在竹篩上面，賣到沒有為止。每次看著篩上的麵包越來越少時，雙喜就越想吃，可身上的錢通常都是不夠的，根本無法買。看著麵包車來了又走，她只能將錢放回燈籠褲裡，彷彿在燈籠中存下自己的口腹之欲。

國中報到的單子送來後，雙喜偷偷將單子藏了起來，畢竟除了她以外，

1. 尻脊骿：ka-tsiah-phiann，背部。

還有三四個妹妹才正讀國小，家裡已經沒有額外的錢讓她去讀書。雙喜輟學，倒是慶幸自己不愛念書，可向來成績就不錯的雙珠卻是失去就學的機會。雙喜以為只有她們是如此，未料村裡的人，尤其是女孩子們，幾乎都很難唸完一個完整的學業。直到好多年以後，她們才陸續在就業的過程中重新完成學業。

家中的姊妹逐漸成年後，各自離家，有人婚嫁，也有人過著單身貴族的日子。本以為，「家」的印象對大家來說都已經模糊，可直到媽年老體衰後，雙喜才又再找到回家的理由。

離家三十載，雙喜恍然發現，這個奪去她童年的困苦漁村，卻也給了她唯一的童年。

阿姐的翅膀

她真的像天使，而很多年後的某天，也真成了天使。

珍珍總是跟在這位像天使的阿姐身後，就像跟屁蟲一樣；那不是珍珍的親姊姊，卻是村裡與珍珍同齡的玩伴們的「阿姐」。

阿姐離鄉好一段時間了，再回來的那天，珍珍一樣屁顛屁顛找了過去。

阿姐家的小孩很多，而且都是女生；為此，阿姐很早就出社會工作。聽說阿姐起初連國中都沒有讀就偷偷到臺北工作，被家裡人勸回來後，好不容易在做公路的那兩年讀完國中，之後又馬上到臺北的工廠上班。

但不管何時，在珍珍的印象裡，阿姐都是那種獨當一面的鄰家姐姐。

那一日，珍珍又偷偷跟在阿姐身後回家。

都在同一個村，珍珍家和阿姐家也是幾步路的距離。

「妳不回家嗎？都要吃晚飯了，還跟著我啊？要去我家吃嗎？」阿姐發現了珍珍，拎著她的衣領，把人擄到自己的面前。

「哇，阿姐有化妝耶。」珍珍完全忽視阿姐的催促，摸起阿姐的臉。變成熟了，也長了些痘痘。那些與自己不一樣的時間變化，都被阿姐藏在粉底液下。一開始珍珍也不知道甚麼是粉底液，那是後來阿姐跟她說的。

「阿姐，妳毋是去臺北做工嗎？」

「是啊。」

「是啥物空課[1]啊？」

「嗯……」阿姐假裝很認真在思考，可想到一半，就已經走到自家門口，裡頭傳出晚餐的香味，便扭頭問珍珍，「要不要在我們家吃飯啊？」

「我——」珍珍才說半句，不遠處傳來阿母呼喚的聲音，是要她回家吃飯的。

珍珍悻然離開，只是阿姐還在她身後留著燦爛的笑臉，喊著她說，「不然明天來我們家中餐，妳回去跟姆仔說一聲喔。」

珍珍點頭，想著當然要去，她還沒問出阿姐在臺北做甚麼工作呢。

1. 空課：khang-khuè，工作。

隔日中午未到，珍珍就急著跑去阿姐家堵人了。阿姐家女孩多，別說放假回來能休息，通常都還得多上一倍的工作。珍珍擔心阿姐已經早一步被阿姐的媽媽叫去海邊幫忙工作了，這樣一來，她就問不到了。

珍珍加快腳步，可到了阿姐家時，還是晚了一步。阿姐正和她媽媽在九孔池附近，等著晚點要下池清窟。

她走近，把小小的身體藏在石頭後，聽著阿姐和媽媽說話的聲音。

「若無你轉來鬥相共做九孔窟的空課。」

「我這馬做『翅』的所在誠好，無想欲轉來。」

珍珍聽到阿姐的回話，很疑惑；她從來沒有聽過「做翅」是甚麼樣的工作？她只聽過阿母和附近姆仔都說「做工」或是「做空課」，沒有「做翅」的說法。

做翅是一種工作的內容嗎？

工頭喊人集合，阿姐下了池子。那日中午，阿姐就回去臺北了，走在阿姐身後的那段路，珍珍也很想問。但阿姐問她的話更多，「妳有沒有好好讀書啊？」然後掛著陽光如舊的笑容。

阿姐坐上了車，前往她那「做翅」的城市。

做翅的謎，便這麼塵封在珍珍的心底。直到珍珍也成年後，她跟村裡大多數的人一樣，選擇去了「臺北」。那個城市人潮繁忙，總是五光十色。珍珍在忙忙碌碌的歲月裡，也常覺得「回家」一趟，好遠，好讓人疲累。

某次同事結婚前說道，「無做事，欲按怎趁錢？」

「做啥物翅？」

「做事啊，妳毋是嘛佇做嗎？」

珍珍恍然大悟。

原來這個城市裡所說的「做翅」是這麼回事啊。

好多年後，珍珍接到阿姐的訃聞，年僅五十出頭的阿姐與癌細胞奮鬥多年，在病床上告別人生。珍珍又想起了阿姐曾說過自己去臺北是「做翅」的。如今她更相信，阿姐已經做好了屬於自己的翅膀，翱翔高飛了。

生活圖騰

一九七〇年代，臺灣工業起飛。在馬崗這個充滿海味的漁村裡，婦女們手裡的針線也交織著希望的圖騰；工廠的機器彷彿有了分身，在棉線中穿梭，悄然無聲地進駐在此。

「巧慧，巧慧——」巧慧的母親沿著石頭屋旁的小徑，一路找著。躲在樹叢上的巧慧屏息著，動也不敢動，直到松鼠從她的大腿上跳過，她勾在樹幹上的手嚇得鬆開，才碰地一聲狠狠落地。

「喔，巧慧，找到妳了，換妳當鬼！」從砲台後露出的人影帶著興奮的驚呼聲；同時間，巧慧的頭頂落下竊笑過後的酸言酸語，「巧慧不能當鬼啦，她媽媽又在找她了。巧慧妳快回去啦。」

好不容易抓到巧慧當鬼的同伴當然不願意，氣呼呼地大叫著。

巧慧的母親終於找到了她，她才是巧慧最害怕的「鬼」。

巧慧母親的肩上揹著一大簍的毛線衣，肩上揹不完的，就抱在胸前。

母親銳利的目光從成堆的毛線衣中透出，說著，「巧慧來幫忙啊，不要玩了，太陽都下山了，回家了。」巧慧看著山巒上仍舊高掛的日頭。不甘心，卻也只能跟著母親回家。

沒出海的家庭或女人，通常是靠接代工維持生活。巧慧接過母親整理好的毛線衣，依照著樣板上簡單的花色跟形狀，將針線繡在毛衣上。從她手裡完成的毛衣，不再單調，多了點圖騰跟繡花。不接繡花時，就換成了塑膠花的工作。聽說那都是要外銷美國的，可巧慧不知道美國在哪，也不知道美國人長甚麼樣子，更不知道自己繡上花的毛線衣穿在了哪些人身上。

繡著花，巧慧就這麼度過了玩捉迷藏的年紀。

拼接毛衣剩下來的花布跟絨線，巧慧的母親會收在一個麵粉袋裡。縫製衣服的技術不難，巧慧的母親算是村子裡熟練針線的女人；但巧慧最喜歡的不是母親製作的衣服，而是住在砲台後方的玉蘭姨設計的洋裝。玉蘭姨跟母親很不一樣，玉蘭姨是個名副其實的海女，不只會潛水，還懂得在不同季節裡採集各式的海菜。玉蘭姨家門前的廣場，也總是曬著從深褐到金黃色澤不一的石花菜。

玉蘭姨平常都穿著潛水衣，全身包裹嚴密，不穿潛水衣時，也是穿著花布的長袖上衣，整個頭部除了露出一雙眼睛外，全包在衣物下。所以偶而幾次看見玉蘭姨穿著手工縫製的洋裝時，都讓巧慧格外興奮。

馬崗姓江的人多，是村子裡的大姓，一大家子同心協力做一份工作，總是比其他人家快。但最多人聚集的地方，不是江家，而是村長家。

村長家常有剖海膽的工作，跟巧慧家的代工不同，剖海膽多了個「飽腹」的樂趣。巧慧家沒有接代工時，也會去領剖海膽的工作。美如家是少數家族成員較少的家庭，她也被派來領工作，就坐在巧慧隔壁。

一簍一簍的海膽在閒話家常裡，被剖出生肉來。

「這個做完後，等等來玩過五關喔。」美如趁大人不注意時偷食著剛剖出的海膽，有趣的是，嘴裡瀰漫腥味時，她發現偷食的人不只有她。

「等等不行啦，我要去幫我阿母拿貨，發包的人又來了。」巧慧也偷食了一口。

海膽的殼剝出後，被丟置在漁港的一角，在日頭的曝曬下，沒多久便化做是沙灘的一部份。空氣裡長年充斥著潮濕的氣味，雖然靠海，生活取水卻不易。不去剖海膽時，美如就被分配挑水的工作。她挑著扁擔，朝著三貂角的山頭前進。半山腰處有座簡易的水庫，不知為何長年有水，也不知水庫裡的水來自於地底，抑或是天上？

美如終於將水挑下山時，經過巧慧家，發現巧慧還在做塑膠花呢。她朝巧慧挑了個眉，巧慧心領神會。不一會，被石牆和石頭屋圍起的巷弄間和伸長雙臂的大樹上，又聚集了好幾群孩子們玩鬧的聲音。

童「話」

阿貞將鐵馬停在三貂角下，忽而仰視著身後由卯澳延綿而來的高岡，忽而俯瞰著尖山仔腳的空地，笑說，「奇怪咧，為什麼空軍在下面，陸軍在上面？」

貢寮沿海的幾個村落，都曾有砲台和兵營駐紮的痕跡，馬崗也不例外。十七世紀西班牙人抵東北角海域，並於航海日誌中以拉丁文 SanDiego（聖地牙哥）命為此地之名，後譯為三貂角。從三貂角往海面眺望而去，收入眼簾的就是「馬崗漁港」。三貂角上駐紮著陸軍，而山腳下的尖山仔腳（現名啟源）則駐紮著空軍。

阿貞騎著鐵馬，聽見從吉和宮處傳來的歌聲。

「痟張的痟娶某，娶一個痟查某……」附近的小孩們又在唱歌了，帶頭的是鳳珠。聽說阿兵哥裡有個姓張的軍人總想著要娶妻，村裡的孩子們因而念成了一句童謠。

阿貞隨著歌聲，也跟著繞進了圈圈。

圈圈裡旋轉著歡笑，圈圈外則環繞著阿兵哥練槍的吆喝聲；吆喝聲來自於坐落在尖山仔腳下的神祕禁地。

禁地裡有一間水泥蓋成的長型屋子，就是美軍宿舍，與村子裡自然取材而建的石頭厝截然不同。外頭圍繞的稻田和野薑花將禁地與村子隔絕開來。禁地裡還有座沒有圍欄的空地，聽說那是機場，但阿貞和同伴們都不知道那些起降的飛機來自何處，又該去往何方。平日裡，居民是無法進入那個神祕禁地的；唯有端午節勞軍時，機場對外開放，村民們才有機會一窺究竟。

阿貞出生那年，U2機在進行訓練航路照相時發生機體異常，在三貂角附近俯衝入海，只是一眨眼的時間，附近的漁民才見海上一片火花，倏忽又被浪潮給捲了下去。每每聽著父親的敘述時，阿貞就對禁地裡的飛機更加敬畏。

紅白條紋圓筒型的風向旗飛揚，寧靜的村子就會開始起了騷動。

「空軍來喔，空軍來喔。」

有種風，有別於海風，那是來自於飛機起降的風。彷彿從天而降般，朝著地面仰望的人群凌壓而去，讓人慴服。螺旋槳的聲音越來越接近地面時，附近的草木無不壓低身姿。

有些人家將自家番薯籤曬在廣場上，來不及收，便只能眼睜睜看著番薯籤如雪花般，飄散在四周的草叢中。那也只能等飛機降落停妥，關掉了引擎，再一片片收回了。

引擎聲再度壓過孩子們唱歌的聲音。

阿貞與同伴們躲在草叢裡，窺望著這些即將降落的大官們。

「空軍來喔，空軍來喔。」

飛機停妥後，村子裡相互吆喝的聲音就更加急促，然後成群結伴到那神祕的屋子裡，一叢一叢地聚集在舞台下方。

阿貞也在人群裡，她望著那些從飛機走下來，穿著淺藍上衣制服的人，感覺到他們帶來的風真的有別於海風。那是走路有風！一群阿兵哥簇擁而上，裡頭當然也有「痟張」。接著一行人浩浩蕩蕩地進入水泥屋子裡，坐在舞台最前方特別的紅椅上。

舞台上正是令人驚豔的魔術表演。人身遁入木箱時，最讓人屏息以待。銀亮的刀鋒毫不遲疑地斬進木箱裡，蹲坐在舞台前的眾人猛然倒吸口氣，接著刀鋒再次從木箱抽出。刀面嶄新依舊，反射著耀眼的光芒之時，換來了歡聲雷動的鼓掌。

「哇，那個人沒有死啊？」

「魔術啊。」阿貞回應鳳珠的驚呼。

木箱結束後，還有一隻隻從魔術師手裡飛出的白鴿，鋼管秀……

魔術結束後，飛機又轉動螺旋槳，發出挖地般的巨風，揚上青天。安靜後，海風再度成為佔領廣場唯一的主角。偌大的水泥地沒有海蝕坪台的崎嶇，成為孩子們遊憩和練習騎腳踏車的廣場。有別於營區裡的肅穆，孩子們的圈圈又再度發出歡笑聲，唱著玩笑的唸謠——

「鶯歌石偷刣尿，萊萊臭膣屄[1]，馬公刣豬公，卯澳偷廣告，滷啊蘭褪褲屧[2]……」

1. 臭膣屄：tshàu-tsi-bai，臭鮑魚。

送走飛機後的阿兵哥們回到宿舍前，經過了這群孩子的身邊。

同伴裡有人問：「哪一個是痟張啊？」

阿貞聽見鳳珠用「痟張的痟娶某，娶一個痟查某……」的話來回答。

阿兵哥們笑得很無奈，誰也沒承認自己就是「痟張」。

成年離家之後，阿貞接到鳳珠的電話，聽說那個「痟張」真的娶了一個瘋瘋癲癲的妻子。童年的玩笑話，被刻印了下來。後來又聽說，痟張的妻子半夜發瘋時會執起菜刀追他一路，隔日早上痟張載著饅頭沿路叫賣時，便會在頭上包著頭巾，就像是包裹著一道傷痕那樣。

是來自於內心長久寂寞，又難以訴說的傷。

2. 褪褲屛：thǹg-khòo-lān，光屁股。

風雨，曾經來過

「很多我都不記得了。」阿秀如是說。記憶裡的馬崗在短短三十年間，變了許多。

沿著坡道朝海的方向行進，雜亂的林投樹繁殖各處，擋不住海水的氣味，卻遮蔽了海的容貌。那些原本只是聚於一角的林投樹，鑽進時間縫隙，轉眼間便佔據了海景的第一排。跳躍在樹林間的松鼠，跟著樹林一起，不知搬遷去了何處。樹林安住的腳下，蓋起了海防的宿舍，奔於林間的松鼠，換成了穿著橘衣巡視於港口的阿兵哥。家門轉角空地上的砲台，不見蹤影，圍起了養殖的水泥牆……

離家三十多年的阿秀，恍惚的記憶裡似乎缺了一塊，唯有那風雨還烙印在心底。

阿秀七歲時下了一場冰雹，那天大夥不玩水，不玩跳格子，在石頭厝前的廣場蒐集碎冰。往海蝕坪台的坡道，是一片片大塊的石板，石板層層

交疊，上頭也落滿碎冰。阿秀本想蒐集那些碎冰，但比人身還大的礁石，緊密地堆疊在海蝕坪台上。海水一來，便將碎冰沖刷進石縫裡，化成了海水的一部分。阿秀最後能蒐集到的冰雹，都是林投樹間掛在枝頭上尚未融化的。

阿秀不怕冰雹，但怕風雨。

「遇紅雲，必有災。」不是俗諺，是阿秀父親說了大半輩子的叨叨碎語。阿秀十歲時，某夜熟睡之時風雨交疊而至，父親倉皇地叫醒全家人，她不知父親臉上的驚恐從何而來，只聽得戶外的風瘋狂肆虐地穿越門前的樹叢。

「快點快點，東西不要拿了，去把妹妹叫起來。走，走後門。」父親喊，阻斷了阿秀想收拾作業簿的動作。阿秀還沒反應過來，大姊已經抱起了她。作業簿掉在地上同時，被沖進的水流推到了牆邊。

門口淹進小水，來得突然，毫無預警地越過門檻，在石頭疊起的牆面上刻著一吋一吋的水痕，朝著她們逼近。

「爸，門打不開啊。」大姊喊。父親看著後門被雜物阻擋，不得而出，臉色很難看。阿秀就在這時異想天開地說，「走前門啊。」二姊隨即阻止，「門打開水會進來更多。」阿秀看著淹進的水滾動得越來越混濁，也噤了聲。

在父親的指揮下，母親揹起小妹，大姊揹阿秀，父親揹起二姊，倉皇地拿著抽屜裡被水淹濕了一半的現金，從後門旁的窗戶爬出。

阿秀在大姊的背上，大姊不高，所以她的視線沒有特別遼闊；但離開家後她看見海面方向，彷彿有頭巨龍的影子在漆黑裡蠢蠢欲動。

最後她們來到約莫五十公尺處遠的「上面」的阿姨家避難。對阿秀來說，阿姨家坐落的高度，好比住在頂樓的鄰居，不遠，卻總是仰望著。阿姨家的門口與阿秀家的窗戶，幾乎平齊，待海水漫進阿姨家的門檻時，阿秀想著，放在書架上的作業簿，應該也全數泡湯了吧。

那晚的風雨，退得很快，屋內的水痕停留在書桌的上緣。

阿秀家為了曬乾泡濕的家具，父親好幾天都沒出海捕魚；但從阿姨家往上的住戶，卻只聞風雨，不見任何淹水的跡象。

往後的颱風天，父親仍舊常常做著同樣的事，告誡著：只要天上的雲變成了紅色，水突然退得很快，就會有很嚴重的災難。父親還驚魂未定地說了一個關於「海龍傾」滅村的故事。

「這裡的人好多都被沖走啦。」父親說那時海嘯不只淹過阿秀老家以下沿海住戶的屋頂，更一路淹過尖山仔腳上頭的公路，整個三貂角岬的半山腰幾乎都浸在海水裡。

海水吞噬了村裡的一切……

阿秀與姊妹們聽得津津樂道，只看作是一個哄孩子的故事，直至父親晚年，這個故事仍清晰地伴隨著父親逐漸模糊的記憶。

二〇〇四年，南亞大海嘯，父親看著新聞播出的畫面，又再次重提阿秀童年所見的颱風天。阿秀已經是三十多歲的成年人，撫育著四個孩子，其中有一個尚在襁褓中，她從未將父親說的這個事情當作是故事說給孩子們聽。直至二〇一一年，日本三一一地震伴隨海嘯襲擊沿海，意識模糊又臥床的父親再度說起了海嘯。

阿秀這才瀏覽關於海嘯的訊息。

訊息從未封閉。但她在父親彌留之際，才發現父親記憶裡的恐懼是真實存在過的。訊息告訴她，一百多年前的東北角海岸，真的曾發生過毀滅性的海嘯。如今，龜山島與貢寮附近仍有蠢蠢欲動的活火山，埋藏在深海裡。臨海的石頭厝前有一排防風牆，幾乎都有超過一百公分的厚度，目的就是為了抵禦隨時都有可能襲上岸的強浪，還有父親口中所說的海嘯。

但父親是民國二十年出生的人，怎會對一百多年前的海嘯如此戒慎恐懼？她仍舊無法想像，父親口中所說的——一切都沒有了。是甚麼模樣？

「妳忘了嗎？我們一起去撿的啊。撿回來刷鍋子，很好用啊。」阿秀跟童年玩伴提及海嘯一事時，話筒的那端格外興奮。阿秀說那是「浮浮石」，玩伴則說是「浮水石」。不管是甚麼稱呼，海水填滿那些坑洞，將它們沖上岸邊，證實了馬崗曾經被人記憶的面貌。

「呵呵，我記得的都不一樣了，連港口的船都不一樣了。」年過半百的阿秀如是說。

海嘯，到底有沒有到過馬崗？

阿秀是相信了。

第四章　停泊

老公

梅第一次那麼接近海，卻沒想到這片海在不久的將來成為她人生的避風港。

剛來到馬崗時，對這裡唯一的印象就是——啊，跟老家很像，有海，有魚。但梅在馬崗的身分，不是漁村的村民，而是老闆家的幫傭。梅幫傭的對象是老闆的母親。老闆母親年歲已高，行動不便，符合了申請外勞的標準，於是，她便來了。

踏進門時，梅記得訓練中心所說的：要跟老闆問候。

「老闆你好。」梅用生澀的中文，跟裡頭唯一看起來較年輕男人說。男人抽出泡在龍蝦水裡的手，甩掉手上的水，跟她點頭。

梅還記得輔導員說看見女性老人就叫阿嬤；於是她轉頭跟門後坐著不太動的老人打招呼，「阿嬤你好。」

中文發音不太標準，咬字對梅來說，還是有些困難的。

那天老闆簡單交代了她居家環境，叮嚀阿嬤吃飯和吃藥的時間，便出

海了。梅看看時間，才剛過下午四點。不知道老闆何時回來，她只能先簡單打理環境，打包的垃圾也不知道要倒甚麼地方，只能先堆在門口。

原本行動不太方便的阿嬤站了起來，步履緩慢地走到她面前，用拐杖敲敲垃圾，指著門外。

阿嬤其實有跟梅說了幾句話，但梅聽不懂。中文都不太流暢，更別說是台語了。她知道阿嬤只會說台語這件事，還是過了一個禮拜後，某日老闆抓魚的空檔跟梅說的。

梅也不清楚甚麼是台語，只是很艱澀地記下阿嬤每天都會重複的指令——早上指著米缸，表示要吃飯；中午指著門板，表示天熱要把門窗打開；傍晚指著圾垃袋，表示要到路仔口去等垃圾車。

一個月後，梅基本知道了要怎麼整理居家環境了。

與阿嬤的對話不多，就是點頭跟搖頭。偶而老闆半夜捕魚回來，她才有機會跟人說句話，可也是用著不熟悉的語言說。

跟梅來自同一個地方的，在這漁村裡當然也有，但梅不常跟那人說話。那人聽說是越南新娘，一過來就是「新娘」的身分。梅也正值她家鄉所說的適婚年齡，可她選擇幫傭，只希望能多賺點錢。對於未來會成為誰的新娘，梅還沒有打算。

老闆也是一個話不多的人，傍晚出海後，總得凌晨兩三點才能回來。抓的是梅家鄉熟悉的龍蝦跟海膽，也或許是這一份熟悉，讓梅逐漸習慣了在這裡的生活。

照顧阿嬤之餘，梅會幫忙整理老闆捕回來的魚貨。

被龍蝦咬破手指是家常便飯，海膽也是撬了幾回才懂得避開外殼上的長針。雖然跟家鄉抓上岸的大同小異，可真正懂得如何處理這些上岸的魚貨，還是這些日子的事。

一年多後，梅很自然地跟這個她生活裡唯一的男人走在了一起，成為他的妻，生下兒子。

成為妻之後，日常生活其實沒有太大的改變。照顧「阿嬤」，現在她改口叫媽了；打理環境，替「老闆」(也是老公) 整理魚貨。唯一不同的是，大概就是揹在胸前的兒子。傍晚時，梅會帶著兒子去等垃圾車，在漁港目送老公的船離港，再等著船回港。

原本與家鄉相似的海味，成了她新的歸宿。

而生活，還在繼續往前……

契子

三一一海嘯那年，馬崗沿海也同步發布海嘯警報。

警報聲響徹了整片寧靜的海，海巡跟警察輪流的廣播聲，此起彼落，要大家趕快前往「高處」避難。而最靠近馬崗的「高處」，就是三貂角燈塔。

月桂從外面匆匆回家，慌忙地脫下身上的緊身衣和面罩，家裡的外勞一臉緊張地走過來，說要「逃命」。

「我知影啦，一直叫一直叫。」月桂很不耐煩。剛才她正在拔石花，被海巡的人叫上岸，正一肚子火無處發，就遇上說話不流利的外勞，比手畫腳不知道在說些甚麼。

月桂繞過外勞，走到老伴的身邊。

老伴半身不遂，躺在椅子上睡得很安然。

這下月桂更生氣了，「外面叫成按呢，你閣睏會落去？」她動手打老伴的腿。老伴腿微微顫抖，眼神迷濛，才正要醒來的模樣。就算醒來也沒用，只是咿咿啊啊擠不出半句話，然後努動著憤怒的嘴和表情。連行動的能力都沒有，別說逃命了。

「阿嬤，走走，走。」外勞拉著月桂的手，跟著外頭的警鈴聲一起喊叫著。

「無愛啦，行行行，欲行去佗位，淹水爾，是會死人是毋是？」任憑外勞緊張，月桂和老伴對警報聲只能束手無策。聽著越來越急促的聲響，尖銳又讓人厭煩。

突然有人敲了月桂家的門。

月桂開門，是熟悉的人。

「伯仔，姆仔，恁佇厝喔，來來來，我炁恁去燈塔。」那人衝進門，二話不說拉著月桂就要走，還指揮著外勞收拾簡單的行李，推出老伴的輪子。

月桂拭著眼淚，「等死喔，你伯仔閣無法度行，欲按怎去燈塔。」眼淚越掉越多，她才發現原來自己正在害怕著。

「我有車啊，較緊咧，姆仔你幫我提伯仔的尿苴仔[1]，我抱伊上車。」

月桂上車後，看見年輕人脫掉外面那身綠色的制服，換上輕便的外衣。

制服丟在後座，啟動車子，就像每一回放進月桂手裡的信封跟存摺一樣，平穩又讓人安心。

年輕人不是馬崗的人，只不過曾短暫住在馬崗幾年，要說他最常待在馬崗的時間，應該是上班時間。騎著郵政的車，穿梭在每一條他所熟悉的小路裡，將信送到每一個傾灌著海風的門戶前。「少年人，幫我領一个錢好無？」這是他最常收到的任務，比送信還要頻繁。從月桂手裡接過存摺印章，記下她要的金額，隔天送信時，再繞到屋子前，將錢原封不動交給主人。

月桂姆的老伴甚麼時候癱瘓的，也是他最清楚。

在車上，月桂握著老伴的手，看著車子逐漸駛離村莊，往著人群所逃往的「高處」移動。

他們此刻也正跟著人群移動著。

沒有被丟下，沒有被丟下……月桂又哭了。

不斷擦著眼淚時，年輕人接到電話，那頭的人似乎很著急，年輕人只

1. 尿苴仔：jiō-tsū-á，尿布。

是不疾不徐地說，「姊啊，馬崗遮有海嘯警報喔，我這馬欲載這搭的老大人去燈塔。月桂姆仔伊已經佇我的車頂矣，妳免煩惱，姨啊我嘛已經接到矣。」年輕人在馬崗其實沒有姊妹，他只是稱呼自己的某個鄰居。「姨」是「姊」的媽媽。

電話那頭還很著急，不斷問著甚麼。年輕人反倒是安撫著她，「妳免煩惱，我已經有請厝內底有車的人鬥相共載矣。我先將姨啊和姆仔載去頂頭，再轉去巡看覓有老大人無人載的無？我知影，鼻仔尾嬏仔的腿也無方便，我知影……」

月桂和老伴被安穩地載到燈塔後，年輕人又往返了好幾回。

一開始只有他的車燈獨自亮在黑夜裡，之後越來越多車燈往返，跟在他的車後。月桂看著年輕人終於載完了最後一趟，燈塔的展示廳已經擠得水洩不通，也被不少輪椅佔據了空間。

年輕人掏出菸，請了一起幫忙的其他人。

「不用啦，每次都你請的，我們家的信都你送的啊，我媽的洗髮精也你幫忙買的，家裡的電話單、電費你也幫忙拿去繳，今天還好你通知我回

來幫忙。不用啦，我請你，我請你。」

年輕人相互推拒著菸。

那次的警報沒有大太的風雨，解除後，年輕人又將月桂和老伴接回了家。當然又是往返好幾回，直到載上去的人，都平安回了家。

好幾年後，月桂的好友，也就是年輕人稱呼一聲「姨」的逝世了。年輕人為她披上了麻衣，認作契子，作為唯一的「兒子」，送了姨一程。

貧憚仔

濱海公路開通後，村裡來了一個人，大家都叫他貧憚仔[1]，是外澳人。

對於戲稱的說法，連貧憚仔本人都這麼承認：

「貧憚仔，算錢啦。」

「好啦好啦，妳提卡過來，我看袂著。」

「你有影有貧憚，攏坐佇共位無愛行動。」

「遮有厝簷啊，我憨憨行出去互日頭曝喔。」

就在貧憚仔在跟其中一個婦人討價還價著同時，另一個婦人喊，「貧憚仔，你閣欲做生意無，幫我揣一下你菜脯是窒去佗位啊？」

「茄仔下底。欲順紲提一條茄仔否?我幫妳秤，早時拄來的，誠水喔。」

貧憚仔如此回應，屁股一樣捨不得離開椅子。好不容易忙裡偷閒一下，

1. 貧憚：pîn-tuānn，懶惰。

他當然不願意移動，因此村民們都戲稱他「貧憚仔」。為了讓自己坐得更心安理得，他也就讓村民們這麼叫了。

不管如何，這一路上日頭實在太大，只有馬崗的活動中心外有一些陰涼，不趁此機會好好休息一番，實在對不起自己。

算錢時，貧憚仔呵欠連連。

早上三點就起床，趕到宜蘭的大菜市場已經是四點半了。早市的人潮果然都是趕在日出之前的，天還灰濛濛時，攤位各自打亮燈做生意。貧憚仔到的時候，人潮已經逐漸多了。

茄子已經兩天沒有補了。

上次在挖仔賣完最後一顆南瓜後，連冬瓜也沒有了。

一起補一補吧。貧憚仔如此想著，便將蔬菜一袋袋運上發財車。

這台發財車也跟了他不少年了，還記得一開始踏上這條濱海公路時，才二十八歲。只知道將車開上路，卻始終找不到人生的方向，更不知道能做甚麼工作。

開著車，貧憚仔繞進公路下一個個小漁村。

漁村裡的人幾乎都有養鴨養鵝，自家食用，養得不多，但整村家禽的數量累積起來還是可觀的。雖說靠海，但村裡人做農的也不少，水田挨著山坡，田外就圈養著鴨鵝。

「恁遮的鴨毛閣欲無？」某一次收破銅爛鐵正打算去挖仔變賣時，他停下車，問了田裡的人。

婦人抬頭，說不要。

「替我留一寡好無？」

那時候貧憚仔在附近幾個村收破銅爛鐵已經好一陣子了，村民們都熟識他，可是沒有人搞清楚他要那些鴨毛、鵝毛要做甚麼。

之後收破銅爛鐵的路上，貧憚仔也開始收購鴨毛和鵝毛。

他將毛拿去宜蘭市賣，讓人做成羽絨衣，成為一種商機。可貧憚仔只負責收購羽毛，賣羽毛，他對於工廠的工作沒有興趣，最大的仰賴還是陪著自己行走濱海公路的小貨車。

因為去了宜蘭，才開始去早市批了一些菜來加減賣。

去程賣菜，回程收破銅爛鐵和羽毛。

馬崗、卯澳、香蘭、桂安、挖仔，一路收，一路賣。

直到有一天，賣菜的生意直追回收的變賣價格，他也才發現，村裡的農田漸漸變少了，不再有人圈養鴨鵝。

「貧憚仔，過來算錢啦。」這回又有人在發財車旁邊喊著他，而貧憚仔已經躲在馬崗活動中心下許久，屁股坐熱了，當然更不想離開了。

他要那人自己拿過來算。

貧憚仔沒想到，從二十八歲到現在竟也過了四十年了。

一開始還沒有所謂的馬崗活動中心，就在同一個地方，有一棵張臂的大樹，樹下擺著石頭，便是他乘涼之所。一晃眼，大樹連同樹後的那排林投都消失殆盡。

聽說比貧憚仔更早期，還有一個挑扁擔來賣菜的。頭城人，會坐公路局的車下到馬崗外的站牌，走到一處固定的石頭屋前，在屋前的樹下販賣。比起貧憚仔來說，最早這個挑扁擔的人比他準時多了，十點一到就會出現在固定的地方。

貧憚仔來得比較頻繁後，也幾乎沒有再看過那個人了。

現在貧憚仔賣菜的據點少了一個，住在萊萊的人已經不如以往多，一趟車進去，繞了幾圈都沒被攔下半回。

或許未來，繞進的村莊會越來越少吧。

有人拿著挑好的菜，放在貧憚仔的電子秤上，他很豪爽地說，「三百二八，提三仔二著好。三仔二按呢愛找偌濟？」

「百八啦。」婦人拿著五百元皺眉，笑得很無奈。

「閣欲啥物無？閣提淡薄仔。」

「敢有肉？」

「肉賣完矣。」

婦人白眼翻得很明顯。

貧憚仔還是爽朗地笑笑，「明仔載啦，明仔載啦。」

「我就今仔日欲煮的。」

又一個婦人開始跟他討價還價，貧憚仔搓搓自己坐熱的屁股，起身。

該往下一站卯澳前進了……

守燈者

他是守燈的人，從雷達圖上，總能看著這片海的最大面貌。

在綠島，男人負責抓魚，女人負責養梅花鹿。在馬崗，男人也負責抓魚，女人則是在沿岸採集。同樣都是抓魚，綠島的海跟馬崗的海還是十分不同的。

離開綠島後，阿奇也在臺灣各處的海待過，跟著職務的輪調，也去了彭佳嶼。現在聽說，輪調的機會少了，彭佳嶼也有了負責的人馬，離島後可以各休半個月。一休就是半個月，當然吸引人，不過阿奇還是比較享受現在的生活。

與妻相識後，阿奇流浪的足跡停在了三貂角，為守著山頭上的燈塔度過了半生。

阿奇的組員有四個，互相輪調。輪休放假時，他就到最靠近三貂角燈塔的馬崗漁村，在港口邊走走看看。一開始總能不預期地看見進港的船隻滿載而歸，他便想著自己有一日，也要有一艘屬於自己的船。

不知道離了港的海，跟燈塔上眺望的海，有甚麼不一樣？這樣的念頭，在阿奇的心底逐漸萌芽。

妻在民航局幫忙做廚工的那幾年，孩子還小，阿奇也只能將這樣的夢想放在心底。日復一日地做著巡視展覽室和看守機台的單調工作。

海的呼喚持續在耳邊響著。

終於買了船，領了船證，第一次在出入港的簿子上蓋上船章時，阿奇格外興奮。

他即將看到不同於燈塔上所見的那片海了。

靠近海果然不一樣，阿奇撿過幾回被打在岸邊的飛魚卵草包。

飛魚孵卵的季節時，總會出現這麼幾次的驚喜。飛魚大概仲夏的時候會靠岸產卵。卵附著在草上，尤其是颱風警報，浪比較大的時候，附著著卵的草包就會被浪打進來。後來聽說有專門的人會在出海口擋飛魚卵，岸邊就撿不到了。

「前陣子剛撿過一包，難得喔。」他停妥船，又與正要出港的友人說。

有了船的生活，阿奇成為被「認證」的討海人。雖然技術不純熟，無法跟專職的討海人一樣，但偶而抓到幾尾石落和厚殼仔時，還是讓他很沾沾自喜的。

妻辭掉廚工的工作，專心替阿奇處理抓回來的魚貨。更早之前妻會拿去大溪賣，只是這幾年拍賣的規矩改了，非得透過魚會的人負責秤斤論兩一番，開出價格才能賣。那價格總是不如預期，所以阿奇跟妻只能找戶外的販賣點，蹲點叫賣。

就這樣，「偽」討海人的生活，佔據了阿奇大半的時間。

又一個值勤當班的日子，阿奇檢查儀器的空檔，依舊不忘抬頭看——這片看了三十多年的海，阿奇還想繼續看下去。

（原文刊登於《中國時報》藝文副刊，二〇二一年三月二十四日）

回鄉仙女

聚集在轉角鐵皮屋下的婦人們朝著已經來回走了不知第幾趟的黑狗喊：

「不要走了，出門啦。」

「對啊，她早上就出門啦，你一直走也沒有用。」

不知黑狗聽不聽得懂，牠總算是不走了，但看起來，或許更像是索性賴在店門口不走了。

隔日開店，黑狗又走了過來，後面跟著身形嬌小的女人，目測年級大概近五十。她是黑狗的主人——麗華。

「妳那隻狗喔，昨天一直找妳耶。」前一日鐵皮屋下的婦人從自家門口走出來，朝著不遠處的店門口喊，一樣用著高昂的聲音。

麗華一臉無奈地對著身後的黑狗笑，同樣用著高昂的音量，回覆，「我有跟牠說我要出門啊。」

「啊妳昨天是去哪裡啊？那麼晚才回來。」

「上臺北啊，我去找我姊姊。」

「妳沒帶牠去喔。」

「牠年紀大了腳不方便，會抽筋，帶牠去坐車一整路會不舒服。」

三句不離黑狗。

黑狗現在倒是老神在在地在門口理毛，等著麗華開門。牠用腳搔著下巴的白毛，看起來真的像條老狗了。麗華打開門，簡單巡視貨架上的餅乾飲料，該補貨的補貨，之後便走到僅有三坪空間大的後廚，打開瓦斯爐，準備煮滾上頭的水，製作新一批石花凍。

店裡賣的石花凍軟硬不同，煮的時間和原料也需要調整，因此煮石花的那天就會特別忙。麗華通常會挑客人比較稀疏的日子來製作。放涼石花時，黑狗就在桌子底下等著，也像是守護著。

麗華回鄉不過數年，但她很慶幸自己能決定回家，陪伴了母親最後的時光。

母親還在時，黑狗偶而會待在家裡，並沒有那麼黏著麗華；母親離世後，黑狗幾乎是寸步不離跟著麗華。

住家離店址並不遠，走路不過三分鐘的腳程。但黑狗年紀大了，行走緩慢，來回家裡一趟起碼要十分鐘。每次麗華店休日出門時，黑狗就會在住家和店兩處來回走動，尋找著麗華的影子。這一幕，常常被轉角鐵皮屋下坐著聊天的婦人們，在隔日轉述重演給麗華看。

麗華很無奈，同時也心疼。

黑狗陪伴母親多年，如今更像是麗華在馬崗「唯一」的家人那樣，守護著她。

煮石花的水滾了，麗華快步到廚房。

說是廚房，其實也只是一個開放式的簡易型流理台，擺上爐灶，就做起了小生意。

做生意的點子是麗華的姊姊給的，她們家是村裡出了名的「仙女之家」，全是女兒，沒有兒子。還小的時候聽著大人們的嘆息，不免也覺得全是女兒的家庭在討海的漁村裡是不好過的；可越成年，麗華越享受被姊妹們守護和彼此扶持的緣分。

麗華腦子簡單，姊姊鬼點子多，就指手畫腳地布置上幾張風景圖和老照片。將小店砌成了新的模樣——擁有她們姊妹間回憶的模樣。

同樣開店，麗華倒想起阿嬤也曾在隔壁的屋子做過小生意。那時是為了照顧阿公。而現在，為了陪伴母親的麗華，也回來了，就待在阿公當初居住的簡陋小屋裡，做起不是多大的夢想的小店。

阿公還在時，小店也曾有過門庭若市的景況。

離海最近的空軍就在小店前方可見的空地上，搭建的水泥屋裡就是軍人們短暫的棲所。假日無處可去，便租借了房子的一小角，開起了雞尾酒會。那小角，未曾想，在四十多年後的今日，成了麗華簡單小店的櫃台。

在麗華回鄉前，小店有了最大的一次裝潢。

原本的石頭牆不再作為阻擋海風的臂膀，填到了地下，作為地基，成為房子地底裡最牢固的肩。

阿公曾是地主，但因為不識字，房子被轉移他人，經過數人之手，一度流浪在外，幾番輾轉後才又回來了。不識字的阿公也是從那時候開始，跟著麗華姊妹一起認字。看著報紙，總是問，「這要怎麼念？」姊姊學習快，充當阿公的小老師，在小房子裡開起了學堂。

麗華放下一把石花，轉小火，等著沸水熬出石花的膠質。

櫃台前的黑狗吠了兩聲，提醒她有客人來了。

麗華趕緊出來招待，小店是半自助的，客人習慣自己從架上拿餅乾、從冰箱裡拿飲料，或拿出相機翻拍牆上的照片。

「這是老照片喔？」

麗華點頭，再一次跟客人介紹照片裡的風景和草木。

「跟現在漁港差很多喔？」客人問。

麗華再點頭。

春秋輾轉裡，眼前的景色早已跟照片大有不同；可最難以解釋的，終究還是藏在照片後，一張張被時間凍結在畫面裡的笑靨。

「咦？這是雙胞胎嗎？」客人終於發現了牆上最醒目的那張照片。

麗華笑得很靦腆，「對啊，我和妹妹，一個愛哭，一個愛笑。」

黑狗又吠叫了兩聲，這回進來的是熟客，一個總是自帶茶葉的老人家。今日看起來精神還不錯，找了位置便坐下，悠閒地左看右看。

麗華替他煮滾一壺熱水，遞上杯子，一切都很如常，也很熟悉。客人很滿足地喝完自己泡的茶，還付了茶水錢離開。沒有太多的精打細算，或許在那盞茶的時間裡，他已經飽覽了風景，重新沉澱了煩惱。

黑狗縮著頭打盹，已經不管又來了多少的客人了。

一般來說，平日裡麗華自己一個人就能應付，只是偶而休假的大日子，突然湧進的人潮還是會讓她手忙腳亂的。這時候，姊妹們會抽空回來當幫手，就如同牆上泛黃照片裡曾經停佇的時刻，彷彿所珍惜的一切又能聚集在一起了。

阿嬤開店的年代已經過去。

阿公小屋前的雞尾酒會也已經過去。

但麗華的小店正要開始，在每一個安靜無聲，只有黑狗相伴的日子裡，開張迎客。

小店，真的成了「一間」小店，而且還是「第一間」的小店。

終於忙完一天，把放涼的石花都裝進杯子裡。黑狗這時候睡醒了，仰著白毛的下巴追趕頭頂盤旋的小蚊。麗華關上店門，夜色開始昏暗，走過轉角時又遇到了聊天的婦人們，幾句寒暄，沿著熟悉的路走回去。

還好，

回來了。

最靠近海的空軍

「很熱喔，要不要裝一台冷氣啊？車上還有零件喔。哈哈。」文達走進小店裡，從冰箱拿出一杯石花來，看著室內冒汗的客人便忍不住開玩笑。

「不用啦。」老闆搖頭，又問，「你是這裡人嗎？」

「不是啦，可是我對馬崗很熟啊，我每個禮拜都會來。」

「有那麼多冷氣要裝喔？」老闆看著文達貨車上的冷氣，不免笑了起來。

「我以前是這裡的空軍啊，就那裡，」文達遙指著現在被闢為腳踏車休息站的廣場，「那裡過去一整片，之前都是我們的宿舍啊，我就住在那裡。」

文達說著，彷彿又看見了二十多年前的自己。

沿著山坡的梯田裡，依著季節種植稻米或花生。田的隔壁搭建牛寮或牛棚，主要是飼養水牛的。更外圍是長著蓮蕉花，就像是小型的柵欄，分隔出不同家戶的田。

沒有值班時，文達就和同袍在田旁的空地打球，也就是現在的腳踏車

休息站。空地除了打球外，也是臨時的停機坪。沒有飛機停靠時，村裡的人就會在空地上曬穀子、曬石花、曬番薯籤……凡是能曬的，要曬的，都會搶著他們打球的這塊地。

有幾回，才剛曬下番薯籤沒多久，司令台就升上旗子，負責看守的孩子沒注意到，等到飛機下降後，番薯籤都被吹進附近的草埔裡。

當時候的三貂角還屬於軍事要地，文達就負責盯守雷達的工作，每天看著掛上編號的飛機；民航也好，軍用也好，只要雷達一顯示，他就得負責回報。沒有編號的不明機，最讓人神經緊張，在排除警覺前，文達總感覺自己的胃是揪成一團的。

這樣的日子雖然過了兩年多，但還是很難適應的。

尤其每次值班時，想到得從馬崗海邊的宿舍，爬上山，一路走到雷達站去，就讓人提不起勁來。東北季風來襲時，更是如此。幸好，他退伍了，而文達也知道，現在馬崗的海邊沒有空軍駐紮，沿著海岸的，是錯落站立的釣客。

文達，也成為其中一員。

不過他跟一般的釣客不同，只有在工作淡季的時候才能偷閒回馬崗。

現在，車上那幾台冷氣，也成為他回馬崗的理由了。

「真的不裝喔？我算妳便宜喔。」文達結完帳，離去前又跟小店老闆說了一次。

老闆還是說不用。

「我冬天還會來釣白毛，不然妳考慮好要裝再跟我說。」

再一次留下名片，文達發動車，轉進熟悉的馬崗小路裡。

寒暖之帶

下一樣的餌，五線雀鯛、鶯歌、厚殼仔、白毛都可以釣。

釣魚用的餌是長在海蝕坪台上最天然的紫菜，尤其是連續壞天氣之後的某個好天氣，便會有足量的紫菜可以採。

紫菜生長的季節不同，也影響了上鈎的機率。最好的是冬天。

從馬崗往鶯歌石一帶，因海岸線下就是垂直的斷崖，水流湍急，引來了諸多大小魚在此覓食。尤其是萊萊鼻下有急流、岬灣，加上退漲潮的潮汐落差，聚集了魚群，也成為釣客的必爭之地。加上萊萊鼻的紫菜發得最早，突出海面的坪台總是站滿了人。

颱風也由此登陸，是臺灣極東的地方。

文賢的老家就在馬崗，離家多年後，又因為釣魚的樂趣而回來了。這沿海，一路從馬崗、萊萊鼻，到鶯歌石，哪裡紫菜長得好，他就提著釣竿追去哪。

黑毛可以養殖，所以比起黑毛來說，文賢更享受釣白毛。

冬季時，港內海水溫暖，是白毛產卵的季節。釣白毛有個不變的定律：天氣太好，釣不到白毛；可天氣不好，又會淋得人直打顫，另外，海浪的拍打，又更容易讓白毛聚集。

「這禮拜要去嗎？」文賢正看著新聞播報海象，接到了友人電話。

「去啊，如果萊萊鼻風太大，就在馬崗釣。我上次看到有人在吃飯前那裡拔到白毛，還不少耶。」

「吃飯前」是鼻仔尾過來的三個溝，以前總有人在那安置固定網，到了吃便當的時候，臉朝外的那面，就叫「吃飯前」，後面就叫「吃飯後」。不過這說法，只有馬崗在地的人才會如此稱呼，聽說現在外來的釣客都直接稱第一溝、第二溝、第三溝。三個溝再過來就是「流行礁仔」，那其實才是文賢的目標——因為有水流的地方，紫菜才長得好。而要追著白毛，就要先追著紫菜，這是「餌」的定律。

雨衣、救生衣、釘鞋、手套都是基本配備。

文賢出門時先吃了一顆饅頭，又在口袋裡塞上幾片餅乾，打算以這些糧食度過一日。他預計，這次出竿能有不錯的成果。

上次在流行礁仔附近釣白毛的不知是哪裡人，有些眼熟，拔了七八斤的白毛，也分了文賢一些。一問之下，才發現那人與自己就讀同一個國小，比自己小了五屆。難怪眼熟。想到那人，文賢不得不加快速度，擔心釣場佔了太多人。

友人喜歡釣象魚，即使被象魚摸到紅腫好幾回也不放棄。餌箱裡準備了不少南極蝦，走到海蝕坪台後就跟文賢分道揚鑣，各自去尋找自己習慣的魚場。穿著救生衣的外地釣客越來越多，不過文賢相信，沒有人比他更熟悉這裡的礁石。

漁船停靠的地方是「船澳仔」，再來有「金鐘流三」，聽說是那人常在那釣魚，久了就以他為名。港口進來的地方是「粗石角仔」，據說在漁港興建前有很多粗石頭。還有最讓文賢印象深刻的是「拚命溝」，那裡的浪來得很快，浪一來，就要拚命回來。文賢幼年時拚過幾回，便決定從此以後不再做跟海有關的工作；卻沒想到，退休後，他還是回來了。

這次下竿不太順利，才剛過中午天氣就變糟。

照理來說，天氣有些不穩定有利於白毛入港，可突如其來的雨實在下得太大，文賢又捨不得打道回府，只好找兩座相接的消波塊，在上頭拉開黑網，勉強當作簡易的避雨所。因為大雨，氣溫突然驟降，文賢縮在消波塊中央仍不想回程，搓著手溫時，想起了白毛煮薑絲湯，最適合祛寒了。

又想起，這片寒暖之帶，曾經是自己的家。

友人舉著傘找到了文賢，看來友人是更早之前就收竿了。他呼喊著文賢上岸，直說雨不會停了。

好吧。文賢放棄了，跑進大雨裡將竿收回來。

下一個晴朗的假日，他相信自己還會再回來！

與海相戀

「我正在全台最美麗的等垃圾車的地方等垃圾車。」妻在打理店內環境時，先生就負責倒垃圾，順道享受片刻屬於自己、屬於大海的寧靜。

先生喜歡海，從封閉的軍營圍牆內所聽見的每個晨練的吶喊聲，都有他對海的依戀。妻雖然知道先生的嚮往，卻沒想到先生心裡澎湃的海洋在那一日，拍上了岸。

第一次繞進馬崗也是場意外。

那日天氣過於炎熱，騎著鐵馬的兩人無處可躲，只能循著眼前蜿蜒的路往下。本以為能找到一處落腳休息的亭子，卻未料，真正讓心就此安逸、平靜的是衝入眼簾的一片海。

沒有喧囂，只有出了海又歸了港的漁人。偶而在海蝕坪台見到零星的婦人，穿著一眼就看得出年齡的碎花衣和緊身褲，踏足於一塊塊突起在浪花中的礁石。

自從心停佇了後，兩人便開始有了住在馬崗的打算。

妻退了軍職，卸下制服，更是讓還在軍中的先生羨慕著；但不斷牽引著他心魂的，是那壓過人聲的，來自於海的呼喚。

「找房子吧。」先生挨著心靈如此低喃。

順利找到房子後，先生也退了軍職，過多的紛擾再也喚不回已經出走，朝著海的方向流浪而去的自己。最靠近海的生活，從此有了新的步調。先生與妻從未做過關於海的工作，便選擇開間小店，用手沖的咖啡香，冬日燒起的炭爐，偶而心血來潮的手做點心，來回應這片寧靜。

想像中的家隨著房子的裝潢逐步成形。

「幫我漆橘色的吧。」先生跟油漆師傅說。

年輕人愛怎麼搞，師傅都見怪不怪；但第一回聽到有人要把屋內漆成橘色的，倒讓他不敢下手了。

「漆吧漆吧。」先生催促，如心中也敲著浪鼓般。

於是，一間連屋內都盛開著陽光的橘色小屋，伴著磨豆機的運轉聲，在每一日曙光降臨的時刻，開店了。

數著貓和釣竿成為先生的日常。

「一隻，兩隻，三隻，咦？少一隻？」先生數著門口伸懶腰討吃的野貓。

沒多久又走往海邊。

浪走到腳邊不只一回，踏著浪，享受忙裡偷閒的樂趣。

「年輕人，你這樣釣不到啦，這個啊，」有個看似業餘的釣客揹著自己的釣竿走了過來，捏起餌箱裡的髮菜，「你要去拔這個，然後像這個的不要，」邊說邊挑起自己餌箱裡備妥的髮菜，「這個也不要。」越挑越多不要……先生看著那人的餌箱裡已經剩沒多少髮菜了，終於，「唉，像這個的，就可以當餌啊，你自己去拔，然後自己挑看看。」說完便走。

先生拉起垂竿，卻意外收穫了驚喜。

第一次的港內垂釣讓他替「成果」拍了數張照片，又選了幾張，標註心情，打卡。直到不再因為每回中魚而打卡時，先生已經名列在釣白毛的成就榜單上了。

「年輕人，你知道九孔為什麼叫九孔嗎？」一起垂釣的前輩突然問起。

先生搖頭，又忍不住猜測，「九個孔啊？」雖然知道這麼回答一定會被奚落，但嘴好不爭氣啊。

「哈哈哈，我就知道你不知道，我跟你說啊，是因為挖九孔的時候要用鐵器下去鈎。就是鈎孔鈎孔，然後就九孔九孔啊，來，你念念看。」

先生有些疑惑，但仍是跟著唸。

正在先生愜意時，妻找了過來。

店裡從原本的休二休三，改成了休三休四，都是依著妻要週休二日的要求來，眼下是週四，店裡也沒客人，妻為何找來？

「垃圾我晚點再收拾。」

妻不說話，顯然是猜錯了。

「我知道了，天氣不太好，我這裡釣完就回去囉。」

妻還是不說話。

先生轉著腦袋，卻想不出妻找他的理由，只能把問題指向唯一一個可能，「有客人嗎？今天店休啊，妳跟他說老闆不在家。」

妻終於不再堅持先生能自己開竅了，嘆氣道，「家裡沒東西吃了，不去補貨嗎？難不成接下來過冬都靠你釣的魚？」

妻這麼提醒，先生才恍然大悟。

對啊，又一個冬季即將來臨了。

家的模樣在凜冽的東北季風中，越來越成形。

「好冷啊，你先出去把炭爐點好。」又一日，縮在被窩裡的妻說。先生下床，點燃炭爐，順便燒上一壺熱水。窗上附著還未被陽光找到的露水，簷上聚滿的雨水滑下，覆蓋了上去。門口的貓縮成一團，顧不上梳理毛髮，冷得完全不想動。門庭落葉沾著水氣，片片相疊，黏在地上。

應該要去掃一下的，但實在有點冷，今日又是店休日，就偷懶一回吧。

「一隻，兩隻，三隻，咦？又少一隻？」先生又數起門口伸懶腰討吃的野貓，然後整理起釣具。

屋內傳來妻喊冷的絮語。

「快起床喔，今天天氣不錯！」

先生揹起釣具，再一次跟妻如此說，踏出腳步，後頭跟上了幾隻野貓，繼續與海相戀的旅程。

後記

當記憶在時間的夾縫裡流逝，我們還能做些什麼？

從屏東到馬崗，超過四百公里的路程，是我媽媽遠嫁的距離。遙遠的不是公里數，是能回家的日子。在幼年的記憶裡，「海邊」很遠，是我自己去不了的那方。

爸爸習慣開夜車。每年初一凌晨我們都會手忙腳亂將行李拖上廂型車，車後座椅打平，就是一個移動的床。在夜空下、在高速上，前行著。等迎接到來自於海面的曙光時，就到了海邊阿公阿嬤家。有時是媽媽帶著我們姐妹三人坐火車，那時懷著弟弟沒？一切都太混亂了，記憶很模糊。只記得，坐火車，也要很久。有回妹妹哭鬧，數膩了窗外匆促而過的月台，不知在哪一站，見火車開門，她直接跳下了車，喊著再也不要去海邊了。

長大後，自己搭車前往過幾回。沒有想像中難，也沒有一趟國外轉機遠……可數著月台時，依舊覺得時光流得好緩慢。或許，不是彼岸遙遠，是回「家」的心已經剝離、無力，才讓腳步如此沉重。

決定書寫馬崗，便是我試著去尋找回家的路徑。

二〇二一年末送出《曙光》的初稿後，正式進入排版程序。編輯說，接下來換我們上了。感覺就像小時候跟阿嬤躺在床上看摔角，拍手後，換人上場！雖然有些誇張，我並沒有在場上被打得遍體鱗傷，但心智的磨礪，還是不少的。這部作品，從獲得文化部青創獎助計畫到執行，從田調採錄到文字撰寫，從完稿到媒合，都有不少讓人打退堂鼓的聲音出現。對小說創作而言，材料的轉換並不難，但選擇要讓什麼材料留下，被看見，卻只能我說了算。但這是一部承載地方記憶的書，又怎能我說了算？

交稿前，我反覆檢視，希望每一句每一段，都能妥善地表達一份記憶，安置一種人生態度。說是告慰也不誇張，畢竟漁村的一切，包含人、石頭屋、文化，都流逝得太快，讓人措手不及。

結束馬崗踏查之行，將《曙光》的雛形擬得差不多後，還有燒腦的錄音檔、舊照片整理，才能走到最後一步——紀實小說的創作。

如何將眾人叨絮凌亂的言說，轉化成一篇篇具有力量與溫度的生命故事，是最大的挑戰；亦是這本書，最大的使命。此外，也努力保留音檔裡出現的在地詞彙，請教閩南語導師——立模師。過程中，當然也有人不願受訪，對即將進行的創作抱持懷疑；也有人漫無天際地聊，沉浸於那些烙在他記憶裡關於古早時代的故事。

守燈者、賣菜人、潛水夫、捕魚人、船長、總鋪師、坐轎而來的新娘、山林裡逃學的孩子，還有各種被命名的礁……靠海維生的日常，就發生在一個極東的小漁村裡。這些平凡的日常即將消失，而失去的總是太多，能留下的寥寥無幾，輕如羽毛。可就是那些羽毛，飄揚飛舞，成了有重量的生命。

——擁有一隻黑狗，總是泡可可給我喝，生命戛然謝幕的老闆阿姨。

——本是花蓮女孩，因為一艘船而成了馬崗媳婦的柑仔店阿嬤。

——有些癡呆反覆說著，船上女人好福氣的養女阿嬤。

——獨坐在不開燈的房子裡，總用期盼的眼神關注著戶外人聲的旗袍嬸婆。

——圍坐在鐵皮屋下，討論著某人心臟有巴爹利還潛水拔石花的姆仔們。

——聚集在港邊修船，等著水流出海的漁人叔仔們。

——不擅言語仍努力告訴我一堆專有名詞和魚種的伯仔。

——說自己有潛水夫病又舉手舉腳測試還能行動自如的漁郎阿公。

——拿出自家秤砣排列成堆又叨絮不停的涼亭伯。

——開著菜車從青少年時期開始介紹又邀我去進香的菜車伯。

——說完故事因傷心而反悔讓我別寫的婆仔。

——說完故事又手寫一張列點的未完待續讓我參考的叔仔。

——說完故事還要帶我爬燈塔數礁石的叔仔。

——說完故事請我參觀他家傢俱的叔公。

——嚮往海而定居馬崗的年輕老闆夫妻。

——因為婚姻而留在臺灣的新娘。

——走遍臺灣燈塔最後因愛留在了三貂角的守燈者。

——我強大的家族。生動又很會說故事的大阿姨、小阿姨，當時還在世卻難以言語的海邊阿嬤，離世多年卻留下討海人記憶的海邊阿公，還有反覆出現在她人記憶中的鄰家姐姐，我的二姨。

最後，是到處幫我牽線，一路陪我的媽媽。

在得知我開始進行寫作時，她手繪陽春的地圖，並教我指認今昔的不同。她擔心，記憶倏忽即逝，生命亦然。她總說自己很愚鈍。而她就是用所謂愚鈍的手，替我繪畫出踏查的路線；用愚鈍的言說，接洽受訪者，陪我聊出一個個精彩的故事。

而此刻，諸事，還在進行；記憶，還在流逝。

小黃女運匠

小野寺史宜／著　黃薇嬪／譯

「妳為什麼選擇開計程車？」
「我希望女性乘客能夠安心搭車，
所以立志成為計程車司機。」

高間夏子，23歲，是剛畢業就被分配到東京都內營業所的菜鳥計程車司機。
喜愛自由自在駕車的她，為了實踐理想在東京街頭全力奔馳。

在「計程車」這個獨特的空間內，人們可以卸下所有的身分，
車門一啟一闔，都是專屬於司機與乘客的一期一會，
交換著彼此的生命故事，家庭、職場、戀愛等所有煩惱都能在此傾訴——

同期的高材生同事姬野，是一名神祕的美男子，
竟然放棄知名企業的職位轉行開計程車？
前往北海道出差的商務人士柳下，留下一紙名片後曖昧離去，
司機能夠與乘客談戀愛嗎？
向女性乘客誠心傾吐夢想後，竟遭搭「霸王車」，
情緒低落不已的夏子該怎麼繼續堅持自己喜歡的事物呢？

國家圖書館出版品預行編目資料

曙光：來自極東祕境的手札／陳凱琳著.－－初版一刷.－－臺北市：三民，2022
面；　公分.－－（島讀）

ISBN 978-957-14-7439-7（平裝）

863.55　　111005379

島讀

曙光：來自極東祕境的手札

作　　者	陳凱琳
責任編輯	廖彥婷
美術編輯	郭雅萍
封面繪圖	無疑亭
發 行 人	劉振強
出 版 者	三民書局股份有限公司
地　　址	臺北市復興北路 386 號 (復北門市) 臺北市重慶南路一段 61 號 (重南門市)
電　　話	(02)25006600
網　　址	三民網路書店 https://www.sanmin.com.tw
出版日期	初版一刷 2022 年 5 月
書籍編號	S782580
I S B N	978-957-14-7439-7